U0460952

师说

吃心妄想

梁实秋 · 汪曾祺 · 周作人

国际文化出版公司
· 北京 ·

图书在版编目（CIP）数据

师说：吃心妄想 ／ 梁实秋，汪曾祺，周作人著．—北京：国际
文化出版公司，2016.8
ISBN 978-7-5125-0863-7

Ⅰ. ①师… Ⅱ. ①梁… ②汪… ③周… Ⅲ. ①散文集—中国—现代
Ⅳ. ① I266

中国版本图书馆 CIP 数据核字（2016）第 169154 号

师说：吃心妄想

作　　者	梁实秋　汪曾祺　周作人
总 策 划	葛宏峰
责任编辑	戴　婕
统筹监制	葛宏峰　兰　青
策划编辑	兰　青　郭目娟
美术编辑	秦　宇
出版发行	国际文化出版公司
经　　销	国文润华文化传媒（北京）有限责任公司
印　　刷	阳谷毕升印务有限公司
开　　本	880 毫米 ×1230 毫米　　32 开
	9.25 印张　　　　　　163 千字
版　　次	2016 年 8 月第 1 版
	2020 年 1 月第 2 次印刷
书　　号	ISBN 978-7-5125-0863-7
定　　价	48.00 元

国际文化出版公司
北京朝阳区东土城路乙 9 号　邮编：100013
总编室：（010）64271551　　传真：（010）64271578
销售热线：（010）64271187
传真：（010）64271187-800
E-mail：icpc@95777.sina.net
http://www.sinoread.com

目录

吃中有真意

我吃，故我在

一饭一世界

吃心妄想

吃中有真意

吃相 / 梁实秋

一位外国朋友告诉我，他旅游西南某地的时候，偶于餐馆进食，忽闻壁板砰砰作响，其声清脆，密集如连珠炮，向人打听才知道是邻座食客正在大啖其糖醋排骨。这一道菜是这餐馆的拿手菜，顾客欣赏这个美味之余，顺嘴把骨头往旁边喷吐，你也吐，我也吐，所以把壁板打得叮叮当当响。不但顾客为之快意，店主人听了也觉得脸上光彩，认为这是大家为他捧场。这位外国朋友问我这是不是国内各地普遍的风俗，我告诉他我走过十几省还不曾遇见过这样的场面，而且当场若无壁板设备，或是顾客嘴部筋肉不够发达，此种盛况极不易发生。可是我心中暗想，天下之大，无奇不有，这样的事恐怕亦不无发生的可能。

《礼记》有"毋啮骨"之诫，大概包括啃骨头的举动在内。糖醋排骨的肉与骨是比较容易脱离的，大块的骨头上所连带着的肉若是用牙齿咬断下来，那龇牙咧嘴的样子便觉不大雅观。所以"割不正不食""席不正不食"都是对于在桌面上进膳的人而言，啮骨应该是桌底下另外一种动物所做的事。不要以为我们一部分人把排骨吐得噼啪响便断定我们的吃相不佳。各地有各地的风俗习惯。世界上至今还有不少地方是用手抓食的。听说他们是用右手取食，左手则专供做另一种肮脏的事，不可混用，可见也还注重清洁。我不知道像咖喱鸡饭一类黏糊糊儿的东西如何用手指往嘴里送。用手取食，原是古已有之的老法。罗马皇帝尼禄大宴群臣，他从一只硕大无比的烤鹅身上扯下一条大腿，手举着鼓槌，歪着脖子啃而食之，那副贪婪无厌的饕餮相我们可于想象中得之。罗马的光荣不过尔尔，等而下之不必论了。欧洲中古时代，餐桌上的刀叉是奢侈品，从十一世纪到十五世纪不曾被普遍使用，有些人自备刀叉随身携带，这种作风一直延至十八世纪还偶尔可见。据说在酷嗜通心粉的国度里，市廛道旁随处都有贩卖通心粉（与不通心粉）的摊子。食客都是伸出右手像是五股钢叉一般把粉条一卷就送到口里，干净利落。

不要耻笑西方风俗鄙陋，我们泱泱大国自古以来也是双手万能。《礼记》："共饭不泽手。"吕氏注曰："不泽手者，古之饭者以手，与人共饭，摩手而有汗泽，人将恶之而难言。"饭前把手洗洗揩揩也就是了。樊哙把一块生猪肘子放在铁盾上拔剑而啖之，那是鸿门宴上的精彩节目，可是那个吃相也就很可观了。我们不愿意在餐桌上挥刀舞叉，我们的吃饭工具主要是筷子，筷子即箸，古称饭㭦。细细的两根竹筷，搦在手上，运动自如，能戳、能夹、能撮、能扒，神乎其技。不过我们至今也还有用手进食的地方，像从兰州到新疆，"抓饭""抓肉"都是很驰名的。我们即使运用筷子，也不能不有相当的约束，若是频频夹取如金鸡乱点头，或挑肥拣瘦的在盘碗里翻翻弄弄如拨草寻蛇，就不雅观。

餐桌礼仪，中西都有一套。外国的餐前祈祷，兰姆的描写可谓淋漓尽致。家长在那里低头闭眼口中念念有词，孩子们很少不在那里做鬼脸的。我们幸而极少宗教观念，小时候不敢在碗里留下饭粒，是怕长大了娶麻子媳妇，不敢把饭粒落在地上，是怕天打雷劈。喝汤而不准吮吸出声是外国规矩，我想这规矩不算太苛，因为外国的汤盆很浅，好像都是狐狸请鹭鸶吃饭时所使用的器皿，一盆汤端到桌上不可能是烫嘴热的，慢一点灌进嘴里去就可以不至于出声。若是喝一口我们的所谓"天下第一菜"口蘑锅巴汤而不出一点声音，岂不强人所难？从前我在北方家居，邻户是一个治安机关，隔着一堵墙，墙那边经常有几十口子在院子里进膳，我可以清晰地听到"呼噜，呼噜，呼——噜"的声响，然后是"咔嚓"一声。他们是在吃炸酱面，于猛吸面条之后咬一口生蒜瓣。

  餐桌的礼仪要重视，不要太重视。外国人吃饭不但要席正，而且挺直腰板，把食物送到嘴边。我们"食不厌精，脍不厌细"，要维持那种姿势便不容易。我见过一位女士，她的嘴并不比一般人小多少，但是她喝汤的时候真能把上下唇撮成一颗樱桃那样大，然后以匙尖触到口边徐徐吮饮之。这和把整个调羹送到嘴里面去的人比较起来，又近于矫枉过正了。人生贵适意，在环境许可的时候是不妨稍为放肆一点的。吃饭而能充分享受，没有什么太多礼法的约束，细嚼慢咽，或风卷残云，均无不可，吃的时候怡然自得，吃完之后抹抹嘴鼓腹而游，像这样的乐事并不常见。我看见过两次真正痛快淋漓的吃，印象至今犹新。一次在北京的"灶温"，那是一片道地的北京小吃馆。棉帘启处，进来了一位赶车的，即是赶轿车的车夫，辫子盘在额上，衣襟掀起塞在裙布底下，大摇大摆，手里托着菜叶裹的生猪肉一块，提着一根马兰系着的一撮韭黄，把食物往柜台上一拍："掌柜的，烙一斤饼！再来一碗炖肉！"等一下，肉丝炒韭黄端上来了，两张家常饼一碗炖肉也端上来了。他把菜肴分为两份，一份倒在一张饼上，把饼一卷，比拳头要粗，两手扶着矗立在盘子上，张开血盆巨口，左一口，右一口，中间一口！不大的工夫，一张饼下肚，又一张也不见了，直吃得他青筋暴露满脸大汗，挺起腰身连打两个大饱嗝。又一次，我在青岛寓所的后山坡上看见一群石匠在凿山造房，晌午歇工，有人送饭，打开笼屉热气腾腾，里面是半尺来长的发面蒸饺，工人蜂拥而上，每人拍拍手掌便抓起饺子来咬，饺子里面露出绿韭菜馅。又有人挑来一桶开水，上面漂着一个瓢，一个个红光满面围着桶舀水吃。这时候又有挑着大葱的小贩赶来兜售那像甘蔗一般粗细的大葱，登时又人手一截，像是饭后进水果一般。上面这两个景象，我久久不能忘，他们都是自食其力的人，心里坦荡荡的，饥来吃饭，取其充腹，管什么吃相！

请客 / 梁实秋

常听人说："若要一天不得安，请客；若要一年不得安，盖房；若一辈子不得安，娶姨太太。"请客只有一天不得安，为害不算太大，所以人人都觉得不妨偶一为之。

所谓请客，是指自己家里邀集朋友便餐小酌，至于在酒楼饭店"铺筵席，陈尊俎"，呼朋引类，飞觞醉月，享用的是金樽清酒，玉盘珍馐，最后一哄而散，由经手人员造账报销，那种宴会只能算是一种病狂或是罪孽，不提也罢。

妇主中馈，所以要请客必须先归而谋诸妇。这一谋，有分教，非十天半月不能获致结论，因为问题牵涉太广，不能一言而决。

首先要考虑的是请什么人。主客当然早已内定，陪客的甄选大费酌量。眼睛生在眉毛上边的宦场中人，吃不饱饿不死的教书匠，一身铜臭的大腹贾，小头锐面的浮华少年……若是聚在一个桌上吃饭，便有些像是鸡兔同笼，非常勉强。把素未谋面的人拘在一起，要他们有说有笑，同时食物都能顺利地从咽门下去，也未免强人所难。主人从中调处，殷勤了这一位，怠慢了那一位，想找一些大家都有兴趣的话题亦非易事。所以客人需要分类，不能鱼龙混杂。客的数目视设备而定，若是能把所有该请的客人一网打尽，自然是经济算盘，但是算盘亦不可打得太精。再大的圆桌面也不过能坐十三四个体态中型的人。说来奇怪，客人单身者少，大概都有宝眷，一请就是一对，一桌只好当半桌用。有人请客宽发笺帖，心想总有几位心领谢谢，万想不到人人惠然肯来，而且还有一位特别要好带来一个七八岁的小宝宝！主人慌忙添座，客人谦让"孩子坐我腿上！"大家挤挤攘攘，其中还不乏中年发福之士，把圆桌围得密不透风，上菜需飞越人头，斟酒要从耳边下注，前排客满，主人在二排敬陪。

拟菜单也不简单。任何家庭都有它的招牌菜，可惜很少人肯用其所长，大概是以平素见过的饭馆酒席的局面作为蓝图。家里有厨师厨娘，自然一声吩咐，不再劳心，否则主妇势必亲自下厨操动刀俎。主人多半是擅长理论，真让他切葱剥蒜都未必能够胜任。所以拟定菜单，需要自知之明，临时"钻锅"翻看食谱未必有济于事。四冷荤，四热炒，四压桌，外加两道点心，似乎是无可再减，大鱼大肉，水陆杂陈，若不能使客人连串地打饱嗝，不能算是尽兴。菜单拟定的原则是把客人一个个的填得嘴角冒油。而客人所希冀的也往往是一场牙祭。有人以水饺宴客，馅子是猪肉菠菜，客人咬了一口，大叫："哟，里面怎么净是青菜！"一般人还是欣赏肥肉厚酒，管它是不是烂肠之食！

　　宴客的吉日近了，主妇忙着上菜市，挑挑拣拣，拣拣挑挑，又要物美又要价廉，装满两个篮子，半途休憩好几次才能气喘汗流地回到家。泡的，洗的，剥的，切的，闹哄一两天，然后丑媳妇怕见公婆也不行，吉日到了。客人早已折简相邀，难道还会不肯枉驾？不，守时不是我们的传统。准时到达，岂不像是"头如穿庐咽细如针"的饿鬼？要让主人干着急，等他一催请再催请，然后徐徐命驾，姗姗来迟，这才像是大家风范。当然朋友也有特别性急而提早莅临的，那也使得主人措手不及慌成一团。客人的性格不一样，有人进门就选一个比较好的座位，两脚高架案上，真是宾至如归；也有人寒暄两句便一头扎进厨房，声称要给主妇帮忙，系着围裙伸着两只油手的主妇连忙谦谢不迭。等到客人到齐，无不饥肠辘辘。

落座之前还少不了你推我让的一幕。主人指定座位，时常无效，除非事前摆好名牌，而且写上官衔，分层排列，秩序井然。敬酒按说是主人的责任，但是也时常有热心人士代为执壶，而且见杯即斟，每斟必满。不知是什么时候什么人兴出来的陋习，几乎每个客人都会双手举杯齐眉，对着在座的每一位客人敬酒，一霎间敬完一圈，但见杯起杯落，如"兔儿爷捣碓"。不喝酒的也要把汽水杯子高高举起，虚应故事，喝酒的也多半是狞眉皱眼地抿那么一小口。一大盘热乎乎的东西端上来了，像翅羹，又像糨糊，一人一勺子，盘底花纹隐约可见，上面洒着的一层芫荽不知被哪一位像芟除毒草似的拨到了盘下，又不知被哪一位从盘下夹到嘴里吃了。还有人坚持海味非蘸醋不可，高呼要醋，等到一碟"忌讳"送上台面海味早已不见了。菜是一道一道地上，上一道客人喊一次"太丰富，太丰富"，然后埋头大嚼，不敢后人。主人照例谦称："不成敬意，家常便饭。"心直口快的客人就许提出疑问："这样的家常便饭，怕不要吃穷了？"主人也只好扑哧一笑而罢。将近尾声的时候，大概总有一位要先走一步，因为还有好几处应酬。这时候主妇踱了进来，红头涨脸，额角上还有几颗没揩干净的汗珠，客人举起空杯向她表示慰劳之意，她坐下胡乱吃一些残羹剩炙。

　　席终，香茗水果伺候，客人靠在椅子上剔牙，这时节应该是客去主人安了。但是不，大家雅兴不减，谈锋尚健，饭后磕牙，海阔天空，谁也不愿首先言辞，致败人意。最后大概是主人打了一个哈欠而忘了掩口，这才有人提议散会。天下无不散之筵席，奈何奈何？不要以为席终人散，立即功德圆满，地上有无数的瓜子皮、纸烟灰，桌上杯碟狼藉，厨房里有堆成山的盘碗锅勺，等着你办理善后！

饭前祈祷 / 梁实秋

　　读过查尔斯·兰姆那篇《饭前祈祷》小品文的人，一定会有许多感触。六十年前我在美国科罗拉多泉念书的时候，和闻一多在瓦萨赤街一个美国人家各赁一间房屋。房东太太密契尔夫人是典型的美国主妇，肥胖、笑容满面、一团和气，大约有六十岁，但是很硬朗，整天操作家务，主要的是主中馈，好像身上永远系着一条围裙，头戴一顶荷叶边的纱帽。房东先生是报馆排字工人，昼伏夜出，我在圣诞节才得和他首次晤面。他们有三个女儿，大女儿陶乐赛已进大学，二女儿葛楚德念高中，小女儿卡赛尚在小学，他们一家五口加上我们两个房客，七个嘴巴都要由密契尔夫人负责喂饱，而且一日三餐，一顿也少不得。房东先生因为作息时间和我们不同，永不在饭桌上和我们同时出现。每顿饭由三个女孩子摆桌上菜，房东太太在厨房掌勺，看看大家都已就位，她就急忙由厨房溜出来，抓下那顶纱帽，坐在主妇位上，低下头做饭前祈祷。

我起初对这种祈祷不大习惯。心想我每月付你四五十元房租，包括膳食在内，我每月公费八十元，多半付给你了，吃饭的时候还要做什么祈祷？感恩么？感谁的恩？感上帝赐面包的恩么？谁说面包是他所赐？……后来我想想，入乡随俗，好在那祈祷很短，嘟嘟嚷嚷地说几句话，也听不清楚说的是什么。有时候好像是背诵那滚瓜烂熟的"主祷文"，但是其中只有一句与吃有关："赐给我们每天所需的面包。"如果这"每天"是指今天，则今天的吃食已经摆在桌上了，还祈祷什么？如果"每天"是指明天，则吃了这顿想那顿，未免想得远了些。若是表示感恩，则其中又没有感激的话语。尤其是，这饭前祈祷没有多少宗教气息，好像具文。我偷眼看去，房东太太闭着眼低着头，口中念念有词，大女儿陶乐赛也还能聚精会神，卡赛则常扮鬼脸逗葛楚德，葛楚德用肘撞卡赛。我和一多面面相觑，不知所措。

兰姆说得不错。珍馐罗列案上，令人流涎三尺，食欲大振，只想一番饕餮，全无宗教情绪，此时最不宜于祈祷。倒是维持生存的简单食物，得来不易，于庆幸之余不由得要感谢上苍。我另有一种想法，尤其是在密契尔夫人家吃饭的那一阵子，我们的胃习惯于大碗饭、大碗面，对于那轻描淡写的西餐只能感到六七分饱。家常便饭没有又厚又大的煎牛排。早餐是以半个横剖的橘柑或葡萄柚开始，用茶匙挖食其果肉，再不就是薄薄一片西瓜，然后是一面焦的煎蛋一枚。外国人吃煎蛋不像我们吸溜一声一口吞下那个嫩蛋黄，而是用刀叉在盘里切，切得蛋黄乱流，又不好用舌去舔。两片烤面包，抹一点牛油。一杯咖啡灌下去，完了。午饭是简易便餐，两片冷面包，一点点肉菜之类。晚饭比较丰盛，可能有一盂热汤，然后不是爱尔兰炖肉，就是肉末炒番薯泥，再加上一道点心如西米布丁之类，咖啡管够。倒不是菜色不好，密契尔夫人的手艺不弱，只是数量不多，不够果腹。星期日午饭有烤鸡一只，当场切割，每人分得一两片，大匙大匙的番薯泥浇上鸡油酱汁。晚饭就只有鸡骨架剥下来的碎肉烩成稠糊糊的酱，放在一片烤面包上，名曰鸡派。其他一概全免。若是到了感恩节或圣诞节，则卡赛出出进进地报喜："今天有火鸡大餐！"所谓火鸡，肉粗味淡，火鸡肚子里面塞的一坨一坨黏糊糊的也不知是什么东西。一多和我时常蹓到街上补充一个汉堡肉饼或热狗之类。在这种情形之下，饭前祈祷对于我没有什么太大的意义，就是饭后祈祷恐也不免带有怨声，而不可能完全是谢主的恩典。

我小时候，母亲告诉我，碗里不可留剩饭粒，饭粒也不可落在桌上地上，否则将来会娶麻脸媳妇。这个威吓很能生效，真怕将来床头人是麻子。稍长，父亲教我们读李绅《悯农》诗：“锄禾日当午，汗滴禾下土。谁知盘中餐，粒粒皆辛苦。”因此更不敢糟蹋粮食。对于农民老早的就起了感激之意。养猪养鸡的、捕鱼捕虾的，也同样地为我服务，我凭什么白白地受人供养？吃得越好，越惶恐，如果我在举箸之前要做祈祷，我要为那些胼手胝足为大家生产食粮、供应食物的人祈福。

如今我每逢有美味的饮食可以享受的时候，首先令我怀想的是我的双亲。我父亲对于饮膳非常注意，尤嗜冷饮，酸梅汤要冰镇得透心凉，山里红汤要微带冰碴儿，酸枣汤、樱桃水……都要冰得入口打哆嗦。可惜我没来得及置备电冰箱，先君就弃养了。我母亲爱吃火腿、香蕈、蚶子、蛏干、笋尖、山核桃之类的所谓南货，我好后悔没有尽力供养。美食当前，辄兴风木之思，也许这些感受可以代替所谓的饭前祈祷了吧？

圆桌与筷子 / 梁实秋

我听人说起一个笑话。一个中国人向外国人夸说中国的伟大，圆餐桌的直径可以大到几乎一丈开外。外国人说："那么你们的筷子有多长呢？""六七尺长。""那样长的筷子，如何能夹起菜来送到自己嘴里呢？""我们最重礼让，是用筷子夹菜给坐在对面的人吃。"

大圆桌我是看见过的，不是加盖上去的圆桌面，是订制的大型圆餐桌，周遭至少可以坐二十四个人，宽宽绰绰的一点也不挤，绝无"菜碗常需头上过，酒壶频向耳旁洒"的现象。桌面上有个大转盘（英语名为"懒苏珊"），转盘有自动旋转的装置，主人按钮就会不急不徐地转。转盘上每菜两大盘，客人不需等待旋转一周即可伸手取食。这样大的圆桌有一个缺点，除了左右邻座之外，彼此相隔甚远，不便攀谈，但是这缺点也许正是优点，不必没话找话，大可埋头猛吃，作食不语状。

我们的传统餐桌本是方的，所谓八仙桌，往日喜庆宴会都是用方桌，通常一席六个座位，有时下手添个长凳打横，只有在特殊情形下才加上一个圆桌面。炕上餐桌也是方的。方桌折角打开变成圆桌（英语所谓"信封桌"），好像是比较晚近的事了。

许多人团聚在一起吃饭，尤其是讲究吃的东西要烫嘴热，当然以圆桌为宜，把食物放在桌中央，由中央到圆周的半径是一样长，各人伸箸取食，有如辐辏于毂。因为圆桌可能嫌大，现在几乎凡是圆桌必有转盘，可恼的是直眉瞪眼的餐厅侍者多半是把菜盘往转盘中央一丢，并不放在转盘的边缘上，然后掉头而去，转盘等于虚设。

西方也不是没有圆桌。亚瑟王的圆桌骑士是赫赫有名的，那圆桌据说当初可以容一百五十名骑士就座，真不懂那样大的圆桌能放在什么地方，也许是里三层外三层围绕着吧？近代外交坛坫之上常有所谓圆桌会议，也许是微带椭圆之形，其用意在于宾主座位不分上下。这都不能和我们中国的圆桌相提并论，我们的圆桌是普遍应用的，家庭聚餐时，祖孙三代团团坐，有说有笑，融融泄泄；友朋宴饮时，敬酒、划拳、打通关都方便。吃火锅，更非圆桌不可。

筷子是我们的一大发明。原始人吃东西用手抓，比不会用手抓的禽兽已经进步很多，而两根筷子则等于是手指的伸展，比猿猴使用树枝拨弄东西又进一步。筷子运用起来可以灵活无比，能夹、能戳、能撮、能挑、能扒、能掰、能剥，凡是手指能做的动作，筷子都能。没人知道筷子是何时何人发明的。如果《史记》所载不虚，"纣为象箸而箕子唏"，纣王使用象牙筷子而箕子忍气吞声地叹气，象牙筷子的历史可说是很久远了。箸原是筴，竹子做的筷子；又作梜，木头做的筷子。象牙筷子并没有什么好，怕烫，容易变色。假象牙筷子颜色不对，没有纹理，更容易变色，而且在吃香酥鸭的时候，拉扯用力稍猛就会咔嚓一声断为两截。倒是竹筷子最好，湘妃竹固然好，普通竹也不错，髹油漆固然好，本色尤佳。做祖父母的往往喜欢使用银箸，通常是短短细细的，怕分量过重，这只为了表示其地位之尊崇。金箸我尚未见过，恐怕未必中用。箸之长短不等，湖南的筷子特长，盘子也特大，但是没有长到烤肉的筷子那样。

西方人学习用筷子那副笨相可笑，可是我们幼时开始用筷子的时候，又何尝不是像狗熊耍扁担？稍长，我们使筷子的伎俩都精了——都太精了。相传少林绝技之一是举箸能夹住迎面飞来的弹丸，据说是先从用筷子捕捉苍蝇练成的一种功夫。一般人当然没有这种本领，可是在餐桌之上我们也常有机会看到某些人使用筷子的一些招数。一般菜上桌，有人挥动筷子如舞长矛，如野火烧天横扫全境，有人胆大心细彻底翻腾如拨草寻蛇，更有人在汤菜碗里拣起一块肉，掂掂之后又放下了，再拣一块再掂掂再放下，最后才选得比较中意的一块，夹起来送进血盆大口之后，还要把筷子横在嘴里吮一下，于是有人在心里嘀咕：这样做岂不是把你的口水都污染了食物，岂不是让大家都于无意中吃了你的口水？

其实口水未必脏。我们自己吃东西都是拌着口水吃下去的，不吃东西的时候也常咽口水的。不过那是自己的口水，不嫌脏。别人的口水也未必脏。我不相信谁在热恋中没有大口大口咽过难分彼此的一些口水。怕的是口水中带有病菌，传染给别人和被人传染给自己都不大好。毛病不是出在筷子上，是出在我们的吃的方式上。

六十多年前，我的学校里来了一位教英语的老师，我只记得他姓钟，外号人称"钟善人"，他在学校及附近乡村里狂热地提倡两件事，一是植树，一是进餐时每人用两副筷子，一副用于取食，一副用于夹食入口，植树容易，一年只有一度，两副筷子则窒碍难行。谁有那样的耐心，每餐两副筷子此起彼落地交换使用？此今许多人家，以及若干餐馆，筷子仍是人各一双，但是菜盘汤碗各附一个公用的大匙，这个办法比较简便，解决了互吃口水的问题。东洋御料理老早就使用木质的短小的筷子，用毕即丢弃。人家能，为什么我们不能？我愿象牙筷子、乌木筷子以及种种珍奇贵重的筷子都保存起来，将来作为古董赏玩。

故乡的野菜 / 汪曾祺

荠菜。荠菜是野菜，但在我的家乡却是可以上席的。我们那里，一般的酒席，开头都有八个凉碟，在客人入席前即已摆好。通常是火腿、变蛋（松花蛋）、风鸡、酱鸭、油爆虾（或炝虾）、蚶子（是从外面运来的，我们那里不产）、咸鸭蛋之类。若是春天，就会有两样应时凉拌小菜：杨花萝卜（即北京的小水萝卜）切细丝拌海蜇和拌荠菜。荠菜焯过，碎切，和香干细丁同拌加姜米，浇以麻油酱醋，或用虾米，或不用，均可。这道菜常抟成宝塔形，临吃推倒，拌匀。拌荠菜总是受欢迎的，吃个新鲜。凡野菜，都有一种园种的蔬菜所缺少的清香。

荠菜大都是凉拌，炒荠菜很少人吃。荠菜可包春卷，包圆子（汤团）。江南人用荠菜包馄饨，称为菜肉馄饨，亦称"大馄饨"。我们那里没有用荠菜包馄饨的。我们那里的面店中所卖的馄饨都是纯肉馅的馄饨，即江南所说的"小馄饨"，没有"大馄饨"。我在北京的一家有名的家庭餐馆吃过这一家的一道名菜：翡翠蛋羹。一个汤碗里一边是蛋羹，一边是荠菜，一边嫩黄，一边碧绿，绝不混淆，吃时搅在一起。这种讲究的吃法，我们家乡没有。

枸杞头。春天的早晨，尤其是下了一场小雨之后，就可听到叫卖枸杞头的声音。卖枸杞头的多是附近村的女孩子，声音很脆，极能传远："卖枸杞头来！"枸杞头放在一个竹篮子里，一种长圆形的竹篮，叫作元宝篮子。枸杞头带着雨水，女孩子的声音也带着雨水。枸杞头不值什么钱，也从不用秤约，给几个钱，她们就能把整篮子倒给你。女孩子也不把这当作正经买卖，卖一点钱，够打一瓶梳头油就行了。

自己去摘，也不费事。一会儿工夫，就能摘一堆。枸杞到处都是。我的小学的操场原是祭天地的空地，叫作"天地坛"。天地坛的四边围墙的墙根，长的都是这东西。枸杞夏天开小白花，秋天结很多小果子，即枸杞子，我们小时候叫它"狗奶子"，因为很像狗的奶子。

　　枸杞头也都是凉拌，清香似尤甚于荠菜。

　　蒌蒿。小说《大淖记事》："春初水暖，沙洲上冒出很多紫红色的芦芽和灰绿色的蒌蒿，很快就是一片翠绿了。"我在书页下面加了一条注："蒌蒿是生于水边的野草，粗如笔管，有节，生狭长的小叶，初生二寸来高，叫作'蒌蒿薹子'，加肉炒食极清香。……"蒌蒿，字典上都注"蒌"音楼，蒿之一种，即白蒿。我以为蒌蒿不是蒿之一种，蒌蒿掐断，没有那种蒿子气，倒是有一种水草气。苏东坡诗："蒌蒿满地芦芽短"，以蒌蒿与芦芽并举，证明是水边的植物，就是我的家乡所说"蒌蒿薹子"。"蒌"字我的家乡不读楼，读吕。蒌蒿好像都是和瘦猪肉同炒，素炒好像没有。我小时候非常爱吃炒蒌蒿薹子。桌上有一盘炒蒌蒿薹子，我就非常兴奋，胃口大开。蒌蒿薹子除了清香，还有就是很脆，嚼之有声。

　　荠菜、枸杞我在外地偶尔吃过，蒌蒿薹子自十九岁离乡后从未吃过，非常想念。去年我的家乡有人开了汽车到北京来办事，我的弟妹托他们带了一塑料袋蒌蒿薹子来，因为路上耽搁，到北京时已经捂坏了。我挑了一些还不及烂的，炒了一盘，还有那么一点意思。

　　马齿苋。中国古代吃马齿苋是很普遍的，马苋与人苋（即红白苋菜）并提。后来不知怎么吃的人少了。我的祖母每年夏天都要摘一些马齿苋，晾干了，过年包包子。我的家乡普通人家平常是不包包子的，只有过年才包，自己家里人吃，有客人来蒸一盘待客。不是家里人包的。一般的家庭妇女不会包，都是备了面、馅，请包子店里的师傅到家里做，做一上午，就够正月里吃了。我的祖母吃长斋，她的马齿苋包子只有她自己吃。我尝过一个，马齿苋有点酸酸的味道，不难吃，也不好吃。

马齿苋南北皆有。我在北京的甘家口住过，离玉渊潭很近，玉渊潭马齿苋极多。北京人叫作马苋儿菜，吃的人很少。养鸟的拔了喂画眉。据说画眉吃了能清火。画眉还会有"火"么？

莼菜。第一次喝莼菜汤是在杭州西湖的楼外楼，一九四八年四月。这以前我没有吃过莼菜，也没有见过。我的家乡人大都不知莼菜为何物。但是秦少游有《以莼姜法鱼糟蟹寄子瞻》诗，则高邮原来是有莼菜的。诗最后一句是"泽居备礼无麋鹿"，秦少游当时盖在高邮居住，送给苏东坡的是高邮的土产。高邮现在还有没有莼菜，什么时候回高邮，我得调查调查。

明朝的时候，我的家乡出过一个散曲作家王磐。王磐字鸿渐，号西楼，散曲作品有《西楼乐府》。王磐当时名声很大，与散曲大家陈大声并称为"南曲之冠"。王西楼还是画家。高邮现在还有一句歇后语："王西楼嫁女儿——画（话）多银子少。"王西楼有一本有点特别的著作：《野菜谱》。《野菜谱》收野菜五十二种。五十二种中有些我是认识的，如白鼓钉（蒲公英）、蒲儿根、马兰头、青蒿儿（即茵陈蒿）、枸杞头、野绿豆、蒌蒿、荠菜儿、马齿苋、灰条。江南人重马兰头。小时读周作人的《故乡的野菜》，提到儿歌"荠菜马兰头，姐姐嫁在后门头"很是向往，但是我的家乡是不大有人吃的。灰条的"条"字，正字应是"藋"，通称灰菜。这东西我的家乡不吃。我第一次吃灰菜是在一个山东同学的家里，蘸了稀面，蒸熟，就烂蒜，别具滋味。后来在昆明黄土坡一中学教书，学校发不出薪水，我们时常断炊，就捋了灰菜来炒了吃。在北京我也摘过灰菜炒食。有一次发现钓鱼台国宾馆的墙外长了很多灰菜，极肥嫩，就弯下腰来摘了好些，装在书包里。门卫发现，走过来问："你干什么？"他大概以为我在埋定时炸弹。我把书包里的灰菜抓出来给他看，他没有再说什么，走开了。灰菜有点碱味，我很喜欢这种味道。王西楼《野菜谱》中有一些野菜，我不但没有吃过，见过，连听都没听说过，如："燕子不来香""油灼灼"……

　　《野菜谱》上图下文。图画的是这种野菜的样子，文则简单地说这种野菜的生长季节，吃法。文后皆系以一诗，一首近似谣曲的小乐府，都是借题发挥，以野菜名起兴，写人民疾苦。如：

眼子菜

　　眼子菜，如张目，年年盼春怀布谷，犹向秋来望时熟。何事频年俭不开，愁看四野波漂屋。

猫耳朵

猫耳朵，听我歌，今年水患伤田禾，仓廪空虚鼠弃窝，猫兮猫兮将奈何！

江荠

江荠青青江水绿，江边挑菜女儿哭。爷娘新死兄趁熟，止存我与妹看屋。

抱娘蒿

抱娘蒿，结根牢，解不散，如漆胶。君不见昨朝儿卖客船上，儿抱娘哭不肯放。

这些诗的感情都很真挚，读之令人酸鼻。我的家乡本是个穷地方，灾荒很多，主要是水灾，家破人亡，卖儿卖女的事是常有的。我小时就见过。现在水利大有改进，去年那样的特大洪水，也没死一个人，王西楼所写的悲惨景象不复存在了。想到这一点，我为我的家乡感到欣慰。过去，我的家乡人吃野菜主要是为了度荒，现在吃野菜则是为了尝新了。喔，我的家乡的野菜！

炒米和焦屑 / 汪曾祺

　　小时读《板桥家书》："天寒冰冻时暮，穷亲戚朋友到门，先泡一大碗炒米送手中，佐以酱姜一小碟，最是暖老温贫之具"觉得很亲切。郑板桥是兴化人，我的家乡是高邮，风气相似。这样的感情，是外地人们不易领会的。炒米是各地都有的。但是很多地方都做成了炒米糖。这是很便宜的食品。孩子买了，咯咯地嚼着。四川有"炒米糖开水"，车站码头都有得卖，那是泡着吃的。但四川的炒米糖似也是专业的作坊做的，不像我们那里。我们那里也有炒米糖，像别处一样，切成长方形的一块一块。也有搓成圆球的，叫作"欢喜团"。那也是作坊里做的。但通常所说的炒米，是不加糖黏结的，是"散装"的；而且不是作坊里做出来，是自己家里炒的。

说是自己家里炒，其实是请了人来炒的。炒炒米要点手艺，并不是人人都会的。入了冬，大概是过了冬至吧，有人背了一面大筛子，手持长柄的铁铲，大街小巷地走，这就是炒炒米的。有时带一个助手，多半是个半大孩子，是帮他烧火的。请到家里来，管一顿饭，给几个钱，炒一天。或二斗，或半石；像我们家人口多，一次得炒一石糯米。炒炒米都是把一年所需一次炒齐，没有零零碎碎炒的。过了这个季节，再找炒炒米的也找不着。一炒炒米，就让人觉得，快要过年了。

装炒米的坛子是固定的，这个坛子就叫"炒米坛子"，不作别的用途。舀炒米的东西也是固定的，一般人家大都是用一个香烟罐头。我的祖母用的是一个"柚子壳"。柚子——我们那里柚子不多见，从顶上开一洞，把里面的瓤掏出来，再塞上米糠，风干，就成了一个硬壳的钵状的东西。她用这个柚子壳用了一辈子。

我父亲有一个很怪的朋友，叫张仲陶。他很有学问，曾教我读过《项羽本纪》。他薄有田产，不治生业，整天在家研究易经，算卦。他算卦用蓍草。全城只有他一个人用蓍草算卦。据说他有几卦算得极灵。有一家丢了一只金戒指，怀疑是女佣偷了。这女佣人蒙了冤枉，来求张先生算一卦。张先生算了，说戒指没有丢，在你们家炒米坛盖子上。一找，果然。我小时就不大相信，算卦怎么能算得这样准，怎么能算得出在炒米坛盖子上呢？不过他的这一卦说明了一件事，即我们那里炒米坛子是几乎家家都有的。

炒米这东西实在说不上有什么好吃。家常预备，不过取其方便。用开水一泡，马上就可以吃。在没有什么东西好吃的时候，泡一碗，可代早晚茶。来了平常的客人，泡一碗，也算是点心。郑板桥说："穷亲戚朋友到门，先泡一大碗炒米送手中"，也是说其省事，比下一碗挂面还要简单。炒米是吃不饱人的。一大碗，其实没有多少东西。我们那里吃泡炒米，一般是抓上一把白糖，如板桥所说，"佐以酱姜一小碟"，也有，少。我现在岁数大了，如有人请我吃泡炒米，我倒宁愿来一小碟酱生姜——最好滴几滴香油，那倒是还有点意思的。另外还有一种吃法，用猪油煎两个嫩荷包蛋——我们那里叫作"蛋瘪子"，抓一把炒米和在一起吃。这种食品是只有"惯宝宝"才能吃得到的。谁家要是老给孩子吃这种东西，街坊就会有议论的。

我们那里还有一种可以急就的食品，叫作"焦屑"。糊锅巴磨成碎末，就是焦屑。我们那里，餐餐吃米饭，顿顿有锅巴。把饭铲出来，锅巴用小火烘焦，起出来，卷成一卷，存着。锅巴是不会坏的，不发馊，不长霉，攒够一定的数量，就用一具小石磨磨碎，放起来。焦屑也像炒米一样，用开水冲冲，就能吃了，焦屑调匀后成糊状，有点像北方的炒面，但比炒面爽口。

我们那里的人家预备炒米和焦屑，除了方便，原来还有一层意思，是应急。在不能正常煮饭时，可以用来充饥。这很有点像古代行军用的"糒"。有一年，记不得是哪一年，总之是我还小，还在上小学，党军（国民革命军）和联军（孙传芳的军队）在我们县境内开了仗，很多人都躲进了红十字会。不知道出于一种什么信念，大家都以为红十字会是哪一方的军队都不能打进去的，进了红十字会就安全了。红十字会设在炼阳观，这是一个道士观。我们一家带了一点行李进了炼阳观。祖母指挥着，特别关照，把一坛炒米和一坛焦屑带了去。我对这种打破常规的生活极感兴趣。晚上，爬到吕祖楼上去，看双方军队枪炮的火光在东北面不知什么地方一阵一阵地亮着，觉得有点紧张，也很好玩。很多人家住在一起，不能煮饭，这一晚上，我们是冲炒米、泡焦屑度过的。没有床铺，我把几个道士诵经用的蒲团拼起来，在上面睡了一夜。这实在是我小时候度过的一个浪漫主义的夜晚。

第二天，没事了，大家就都回家了。

炒米和焦屑和我家乡的贫穷与长期的动乱是有关系的。

豆汁儿 / 梁实秋

　　豆汁下面一定要加一个儿字，就好像说鸡蛋的时候鸡子下面一定要加一个儿字，若没有这个轻读的语尾，听者就会不明白你的语意而生误解。

　　胡金铨先生在谈老舍的一本书上，一开头就说："不能喝豆汁儿的人算不得是真正的北平人。"这话一点儿也不错。就是在北平，喝豆汁儿也是以北平城里的人为限，城外乡间没有人喝豆汁儿，制作豆汁儿的原料是用以喂猪的。但是这种原料，加水熬煮，却成了城里人个个欢喜的食物。而且这与阶级无关。卖力气的苦哈哈，一脸渍泥儿，坐小板凳儿，围着豆汁儿挑子，啃豆腐丝儿卷大饼，喝豆汁儿，就咸菜儿，固然是自得其乐。府门头儿的姑娘、哥儿们，不便在街头巷尾公开露面，和穷苦的平民混在一起喝豆汁儿，也会派底下人或者老妈子拿砂锅去买回家里重新加热大喝特喝。而且不会忘记带回一碟那挑子上特备的辣咸菜，家里尽管有上好的酱菜，不管用，非那个廉价的大腌萝卜丝拌的咸菜不够味。口有同嗜，不分贫富老少男女。我不知道为什么北平人养成这种特殊的口味。南方人到了北平，不可能喝豆汁儿的，就是河北各县也没有人能容忍这个异味而不龇牙咧嘴。豆汁儿之妙，一在酸，酸中带馊腐的怪味；二在烫，只能吸溜吸溜地喝，不能大口猛灌；三在咸菜的辣，辣得舌尖发麻。越辣越喝，越喝越烫，最后是满头大汗。我小时候在夏天喝豆汁儿，是先脱到光脊梁，然后才喝，等到汗落再穿上衣服。

自从离开北平，想念豆汁儿不能自已。有一年我路过济南，在车站附近一个小饭铺墙上贴着条子说有"豆汁"发售。叫了一碗来吃，原来是豆浆。是我自己疏忽，写明的是"豆汁"，不是"豆汁儿"。来到台湾，有朋友说有一家饭馆儿卖豆汁儿，乃偕往一尝。乌糟糟的两碗端上来，倒是有一股酸馊之味触鼻，可是稠糊糊的像麦片粥，到嘴里很难下咽。可见在什么地方吃什么东西，勉强不得。

点心和小吃 / 汪曾祺

　　火腿月饼。昆明吉庆祥火腿月饼天下第一。因为用的是"云腿"（宣威火腿），做工也讲究。过去四个月饼一斤，按老秤说是四两一个，称为"四两砣"。前几年有人从昆明给我带了两盒"四两砣"来，还能保持当年的质量。

　　破酥包子。油和的发面做的包子。包子的名称中带一个"破"字，似乎不好听。但也没有办法，因为蒸得了，皮面上是有一些小小裂口。糖馅肉馅皆有，吃是很好吃的，就是太"油"了。你想想，油和的面，刚揭笼屉，能不"油"么？这种包子，一次吃不了几个，而且必须喝很浓的茶。

　　玉麦粑粑。卖玉麦粑粑的都是苗族的女孩。玉麦即苞谷。昆明的汉人叫苞谷，而苗人叫玉麦。新玉麦，才成粒，磨碎，用手拍成烧饼大，外裹玉麦的箨片（粑粑上还有手指的印子），蒸熟，放在漆木盆里卖，上覆杨梅树叶。玉麦粑粑微有咸味，有新玉麦的清香。苗族女孩子吆唤："玉麦粑粑……"声音娇娇的，很好听。如果下点小雨，尤有韵致。

　　洋芋粑粑。洋芋学名马铃薯，山西、内蒙叫山药蛋，东北河北叫土豆，上海叫洋山芋，云南叫洋芋。洋芋煮烂，捣碎，入花椒盐、葱花，于铁勺中按扁，放在油锅里炸片时，勺底洋芋微脆，粑粑即漂起，捞出，即可拈吃。这是小学生爱吃的零食，我这个大学生也爱吃。

　　摩登粑粑。摩登粑粑即烤发面饼，不过是用松毛（马尾松的针叶）烤的，有一种松针的香味。这种面饼只有凤翥街一家现烤现卖。西南联大的女生很爱吃。昆明人叫女大学生为"摩登"，这种面饼也就被叫成"摩登粑粑"，而且成了正式的名称。前几年我到昆明，提起这种粑粑，昆明人说，现在还有，不过不在凤翥街了，搬到另外一条街上去了，还叫作"摩登粑粑"。

栗子 / 汪曾祺

    栗子的形状很奇怪，像一个小刺猬。栗有"斗"，斗外长了长长的硬刺，很扎手。栗子在斗里围着长了一圈，一颗一颗紧挨着，很团结。当中有一颗是扁的，叫作脐栗。脐栗的味道和其他栗子没有什么两样。坚果的外面大都有保护层，松子有鳞瓣，核桃、白果都有苦涩的外皮，这大概都是为了对付松鼠而长出来的。

    新摘的生栗子很好吃，脆嫩，只是栗壳很不好剥，里面的内皮尤其不好去。

    把栗子放在竹篮里，挂在通风的地方吹几天，就成了"风栗子"。风栗子肉微有皱纹，微软，吃起来更为细腻有韧性。不像吃生栗子会弄得满嘴都是碎粒，而且更甜。贾宝玉为一件事生了气，袭人给他打岔，说："我想吃风栗子了。你给我取去。"怡红院的檐下是挂了一篮风栗子的。风栗子入《红楼梦》，身价就高起来，雅了。这栗子是什么来头，是贾蓉送来的？刘姥姥送来的？还是宝玉自己在外面买的？不知道，书中并未交代。

栗子熟食的较多。我的家乡原来没有炒栗子，只是放在火里烤。冬天，生一个铜火盆，丢几个栗子在通红的炭火里，一会儿，砰的一声，蹦出一个裂了壳的熟栗子，抓起来，在手里来回倒，连连吹气使冷，剥壳入口，香甜无比，是雪天的乐事。不过烤栗子要小心，弄不好会炸伤眼睛。烤栗子外国也有，西方有"火中取栗"的寓言，这栗子大概是烤的。

北京的糖炒栗子，过去讲究栗子是要良乡出产的。良乡栗子比较小，壳薄，炒熟后个个裂开，轻轻一捏，壳就破了，内皮一搓就掉，不"护皮"。据说良乡栗子原是进贡的，是西太后吃的（北方许多好吃的东西都说是给西太后进过贡）。

北京的糖炒栗子其实是不放糖的，昆明的糖炒栗子真的放糖。昆明栗子大，炒栗子的大锅都支在店铺门外，用大如玉米豆的粗砂炒，不时往锅里倒一碗糖水。昆明炒栗子的外壳是黏的，吃完了手上都是糖汁，必须洗手。栗肉为糖汁沁透，很甜。

炒栗子宋朝就有。笔记里提到的"爆栗"，我想就是炒栗子。汴京有个叫李和儿的，爆栗有名。南宋时有一使臣（偶忘其名姓）出使，有人遮道献爆栗一囊，即汴京李和儿也。一囊爆栗，寄托了故国之思，也很感人。

日本人爱吃栗子，但原来日本没有中国的炒栗子。有一年我在广交会的座谈会上认识一个日本商人，他是来买栗子的（每年都来买）。他在天津曾开过一家炒栗子的店，回国后还卖炒栗子，而且把他在天津开的炒栗子店铺的招牌也带到日本去，一直在东京的炒栗子店里挂着。他现在发了财，很感谢中国的炒栗子。

北京的小酒铺过去卖煮栗子。栗子用刀切破小口，加水，入花椒大料煮透，是极好的下酒物。现在不见有卖的了。

栗子可以做菜。栗子鸡是名菜，也很好做，鸡切块，栗子去皮壳，加葱、姜、酱油，加水淹没鸡块，鸡块熟后，下绵白糖，小火焖二十分钟即得。鸡须是当年小公鸡，栗须完整不碎。罗汉斋亦可加栗子。

我父亲曾用白糖煨栗子，加桂花，甚美。

北京东安市场原来有一家卖西式蛋糕、冰点心的铺子卖奶油栗子粉。栗子粉上浇稀奶油，吃起来很过瘾。当然，价钱是很贵的。这家铺子现在没有了。

羊羹的主料是栗子面。"羊羹"是日本话，其实只是潮湿的栗子面压成长方形的糕，与羊毫无关系。

河北的山区缺粮食，山里多栗树，乡民以栗子代粮。栗子当零食吃是很好吃的，但当粮食吃恐怕胃里不大好受。

豆腐 / 汪曾祺

豆腐点得比较老的，为北豆腐。听说张家口地区有一个堡里的豆腐能用秤钩钩起来，扛着秤杆走几十里路。这是豆腐么？点得较嫩的是南豆腐。再嫩即为豆腐脑。比豆腐脑稍老一点的，有北京的"老豆腐"和四川的豆花。比豆腐脑更嫩的是湖南的水豆腐。

豆腐压紧成型，是豆腐干。

卷在白布层中压成大张的薄片，是豆腐片。东北叫干豆腐。压得紧而且更薄的，南方叫百叶或千张。

豆浆锅的表面凝结的一层薄皮撩起晾干，叫豆腐皮，或叫油皮。我的家乡则简单地叫作皮子。

豆腐最简便的吃法是拌。买回来就能拌。或入开水锅略烫，去豆腥气。不可久烫，久烫则豆腐收缩发硬。香椿拌豆腐是拌豆腐里的上上品。嫩香椿头，芽叶未舒，颜色紫赤，嗅之香气扑鼻，入开水稍烫，梗叶转为碧绿，捞出，揉以细盐，候冷，切为碎末，与豆腐同拌（以南豆腐为佳），下香油数滴。一箸入口，三春不忘。香椿头只卖得数日，过此则叶绿梗硬，香气大减。其次是小葱拌豆腐。北京有歇后语："小葱拌豆腐——一青二白。"可见这是北京人家家都吃的小菜。拌豆腐特宜小葱，小葱嫩，香。葱粗如指，以拌豆腐，滋味即减。我和林斤澜在武夷山，住一招待所。斤澜爱吃拌豆腐，招待所每餐皆上拌豆腐一大盘，但与豆腐同拌的是青蒜。青蒜炒回锅肉甚佳，用以拌豆腐，配搭不当。北京人有用韭菜花、青椒糊拌豆腐的，这是侉吃法，南方人不敢领教。而南方人吃的松花蛋拌豆腐，北方人也觉得岂有此理。这是一道上海菜，我第一次吃到却是在香港的一家上海饭馆里，是吃阳澄湖大闸蟹之前的一道凉菜。北豆腐、松花蛋切成小骰子块，同拌，无姜汁蒜泥，只少放一点盐而已。好吃么？用上海话说："蛮崭格！"用北方话说："旱香瓜——另一个味儿。"咸鸭蛋拌豆腐也是南方菜，但必须用敝乡所产"高邮咸蛋"。高邮咸蛋蛋黄色如朱砂，多油，和豆腐拌在一起，红白相间，只是颜色即可使人胃口大开。别处的咸鸭蛋。尤其是北方的，蛋黄色浅，又无油，却不中吃。

烧豆腐大体可分为两大类：用油煎过再加料烧的；不过油煎的。

北豆腐切成厚二分的长方块，热锅温油两面煎。油不必多，因豆腐不吃油。最好用平底锅煎。不要煎得太老，稍结薄壳，表面发皱，即可铲出，是名"虎皮"。用已备好的肥瘦各半熟猪肉，切大片，下锅略煸，加葱、姜、蒜、酱油、绵白糖，兑入原猪肉汤，将豆腐推入，加盖猛火煮二三开，即放小火咕嘟。约15分钟，收汤，即可装盘。这就是"虎皮豆腐"。如加冬菇、虾米、辣椒及豆豉即是"家乡豆腐"。或加菌油，即是湖南有名的"菌油豆腐"——菌油豆腐也有不用油煎的。

"文思和尚豆腐"是清代扬州有名的素菜，好几本菜谱著录，但我在扬州一带的寺庙和素菜馆的菜单上都没有见到过。不知道文思和尚豆腐是过油煎了的，还是不过油煎的。我无端地觉得是油煎了的，而且无端地觉得是用黄豆芽吊汤，加了上好的口蘑或香蕈、竹笋，用极好秋油，文火熬成。什么时候材料凑手，我将根据想象，试做一次文思和尚豆腐。我的文思和尚豆腐将是素菜荤做，放猪油，放虾籽。

虎皮豆腐切大片，不过油煎的烧豆腐则宜切块，六七分见方。北方小饭铺里肉末烧豆腐，是常备菜。肉末烧豆腐亦称家常豆腐。烧豆腐里的翘楚，是麻婆豆腐。相传有陈婆婆，脸上有几粒麻子，在乡场上摆一个饭摊，挑油的脚夫路过，常到她的饭摊上吃饭，陈婆婆把油桶底下剩的油刮下来，给他们烧豆腐。后来大人先生也特意来吃她烧的豆腐。于是麻婆豆腐名闻遐迩。陈麻婆是个值得纪念的人物，中国烹饪史上应为她大书一笔，因为麻婆豆腐确实很好吃。做麻婆豆腐的要领是：一要油多；二要用牛肉末。我曾做过多次麻婆豆腐，都不是那个味儿，后来才知道我用的是瘦猪肉末。牛肉末不能用猪肉末代替。三是要用郫县豆瓣。豆瓣须剁碎。四是要用文火，俟汤汁渐渐收入豆腐，才起锅。五是起锅时要洒一层川花椒末。一定得用川花椒，即名为"大红袍"者。用山西、河北花椒，味道即差。六是盛出就吃。如果正在喝酒说话，应该把说话的嘴腾出来。麻婆豆腐必须是：麻、辣、烫。

昆明最便宜的小饭铺里有小炒豆腐。猪肉末，肥瘦，豆腐捏碎，同炒，加酱油，起锅时下葱花。这道菜便宜，实惠，好吃。不加酱油而用盐，与番茄同炒，即为番茄炒豆腐。番茄须烫过，撕去皮，炒至成酱，番茄汁渗入豆腐，乃佳。

　　砂锅豆腐须有好汤，骨头汤或肉汤，小火炖，至豆腐起蜂窝，方好。砂锅鱼头豆腐，用花鲢（即胖头鱼）头，劈为两半，下冬菇、扁尖（腌青笋）、海米，汤清而味厚，非海参鱼翅可及。

　　"汪豆腐"好像是我的家乡菜。豆腐切成指甲盖大的小薄片，推入虾子酱油汤中，滚几开，勾薄芡，盛大碗中，浇一勺熟猪油，即得。叫作"汪豆腐"，大概因为上面泛着一层油。用勺舀了吃。吃时要小心，不能性急，因为很烫。滚开的豆腐，上面又是滚开的油，吃急了会烫坏舌头。我的家乡人喜欢吃烫的东西，语云："一烫抵三鲜。"乡下人家来了客，大都做一个汪豆腐应急。周巷汪豆腐很有名。我没有到过周巷，周巷汪豆腐好，我想无非是虾子多，油多。近年高邮有一道名菜：雪花豆腐，用盐，不用酱油。我想给家乡的厨师出个主意：加入蟹白（雄蟹白的油即蟹的精子），这样雪花豆腐就更名贵了。

　　不知道为什么，北京的老豆腐现在见不着了，过去卖老豆腐的摊子是很多的。老豆腐其实并不老，老，也许是和豆腐脑相对而言。老豆腐的作料很简单：芝麻酱、腌韭菜末。爱吃辣的浇一勺青椒糊。坐在街边摊头的矮脚长凳上，要一碗老豆腐，就半斤旋烙的大饼，夹一个薄脆，是一顿好饭。

四川的豆花是很妙的东西，我和几个作家到四川旅游，在乐山吃饭。几位作家都去了大馆子，我和林斤澜钻进一家只有穿草鞋的乡下人光顾的小店，一人要了一碗豆花。豆花只是一碗白汤，啥都没有。豆花用筷子夹出来，蘸"味碟"里的作料吃。味碟里主要是豆瓣。我和斤澜各吃了一碗热腾腾的白米饭，很美。豆花汤里或加切碎的青菜，则为"菜豆花"。北京的豆花庄的豆花乃以鸡汤煨成，过于讲究，不如乡坝头的豆花存其本味。

北京的豆腐脑过去浇羊肉口蘑渣熬成的卤。羊肉是好羊肉，口蘑渣是碎黑片蘑，还要加一勺蒜泥水。现在的卤，羊肉极少，不放口蘑，只是一锅稠糊糊的酱油黏汁而已。即便是过去浇卤的豆腐脑，我觉得也不如我们家乡的豆腐脑。我们那里的豆腐脑温在紫铜扁钵的锅里，用紫铜平勺盛在碗里，加秋油、滴醋、一点点麻油，小虾米、榨菜末、芹菜（药芹即水芹菜）末。清清爽爽，而多滋味。

中国豆腐的做法多矣，不胜记载。四川作家高缨请我们在乐山的山上吃过一次豆腐宴，豆腐十好几样，风味各别，不相雷同。特别是豆腐的质量极好。掌勺的老师傅从磨豆腐到烹制，都是亲自为之，绝不假手旁人。这一顿豆腐宴可称寰中一绝！

豆腐干南北皆有。北京的豆腐干比较有特点的是熏干。

熏干切长片拌芹菜，很好。熏干的烟熏味和芹菜的芹菜香相得益彰。花干、苏州干是从南边传过来的，北京原先没有。北京的苏州干只是用味精取鲜，苏州的小豆腐干是用酱油、糖、冬菇汤煮出后晾得半干的，味长而耐嚼。从苏州上车，买两包小豆腐干，可以一直嚼到郑州。香干亦称茶干。我在小说《茶干》中有较细的描述：

  ……豆腐出净渣，装在一个小蒲包里，包口扎紧，入锅，码好，投料，加上好香油，上面用石头压实，文火煨煮，要煮很长时间。煮得了，再一块一块从蒲包里倒出来，这种茶干是圆形的，周围较厚、中间较薄，周身有蒲包压出来的细纹，……这种茶干外皮是深紫色的，掰了，里面是浅褐色的。很结实，嚼起来很有咬劲，越嚼越香，是佐茶的妙品，所以，叫作"茶干"。

茶干原出界首镇，故称"界首茶干"。据说乾隆南巡，过界首，曾经品尝过。

干丝是淮扬名菜。大方豆腐干，快刀横披为片，刀工好的师傅一块豆腐干能片十六片；再立刀切为细丝。这种豆腐干是特制的，极坚致，切丝不断，又绵软，易吸汤汁。旧本只有拌干丝。干丝入开水略煮，捞出后装高足浅碗，浇麻油酱醋。青蒜切寸段，略焯，五香花生米搓去皮，同拌，尤妙。煮干丝的兴起也就是五六十年的事。干丝母鸡汤煮，加开阳（大虾米），火腿丝。我很留恋拌干丝，因为味道清爽，现在只能吃到煮干丝了。干丝本不是"菜"，只是吃包子烧卖的茶馆里，在上点心之前喝茶时的闲食。现在则是全国各地淮扬菜系的饭馆里都预备了。我在北京常做煮干丝，成了我们家的保留节目。北京很少遇到大白豆腐干，只能用豆腐片或百叶切丝代替。口感稍差，味道却不逊色，因为我的煮干丝里下了干贝。煮干丝没有什么诀窍，什么鲜东西都可往里搁。干丝上桌前要放细切的姜丝，要嫩姜。

臭豆腐是中国人的一大发明。我在上海、武汉都吃过。长沙火宫殿的臭豆腐毛泽东年轻时常去吃。后来回长沙，又特意去吃了一次，说了一句话："火宫殿的臭豆腐还是好吃。"这就成了"最高指示"，写在照壁上。火宫殿的臭豆腐遂成全国第一。油炸臭豆腐干，宜放辣椒酱、青蒜。南京夫子庙的臭豆腐干是小方块，用竹签像冰糖葫芦似的串起来卖，一串八块。昆明的臭豆腐不用油炸，在炭火盆上搁一个铁算子，臭豆腐干放在上面烤焦，别有风味。

在安徽屯溪吃过霉豆腐，长条豆腐，长了二寸长的白色的绒毛，在平底锅中煎熟，蘸酱油辣椒青蒜吃。凡到屯溪者，都要去尝尝。

豆腐乳各地都有。我在江西进贤参加土改，那里的农民家家都做腐乳。进贤原来很穷，没有什么菜吃，顿顿都用豆腐乳下饭。做豆腐乳，放大量辣椒面，还放柚子皮，味道非常强烈，广西桂林、四川忠县、云南路南所出豆腐乳都很有名，各有特点。腐乳肉是苏州松鹤楼的名菜，肉味浓醇，入口即化。广东点心很多都放豆腐乳，叫作"南乳××饼"。

南方人爱吃百叶。百叶结烧肉是宁波、上海人家常吃的菜。上海老城隍庙的小吃店里卖百叶结：百叶包一点肉馅，打成结，煮在汤里，要吃，随时盛一碗。一碗也就是四五只百叶结。北方的百叶缺韧性，打不成结，一打结就断。百叶可入臭卤中腌臭，谓之"臭千张"。

杭州知味观有一道名菜：炸响铃。豆腐皮（如过干，要少润一点水），瘦肉剁成细馅，加葱花细姜末，入盐，把肉馅包在豆腐皮内，成一卷，用刀剁成寸许长的小段，下油锅炸得馅熟皮酥，即可捞出。油温不可太高，太高豆皮易糊。这菜嚼起来发脆响，形略似铃，故名响铃。做法其实并不复杂。肉剁极碎，成泥状（最好用刀背剁），平摊在豆腐皮上，折叠起来，如小钱包大，入油炸，亦佳。不入油炸，而以酱油冬菇汤煮，豆皮层中有汁，甚美。北京东安市场拐角处解放前有一家肉店宝华春，兼卖南味熟肉，卖一种酒菜：豆腐皮切细条，在酱肉汤中煮透，捞出，晾至微干，很好吃，不贵。现在宝华春已经没有了。豆腐皮可做汤。炖酥腰（猪腰炖汤）里放一点豆腐皮，则汤色雪白。

韭菜花 / 汪曾祺

五代杨凝式是由唐代的颜柳欧褚到宋四家苏黄米蔡之间的一个过渡人物。我很喜欢他的字，尤其是《韭花帖》。不但字写得好，文章也极有风致。文不长，录如下：

昼寝乍兴，朝饥正甚，忽蒙简翰，猥赐盘飧。当一叶报秋之初，乃韭花逞味之始。助其肥羜实谓珍馐。充腹之余，铭肌载切，谨修状陈谢，伏维鉴察，谨状。

七月十一日　凝式状

使我兴奋的是：

一、韭花见于法帖，此为第一次，也许是唯一的一次。此帖即以"韭花"名，且文字完整，全篇可读，读之如今人语，至为亲切。我读书少，觉韭花见之于"文学作品"，这也是头一回。韭菜花这样的虽说极平常，但极有味的东西，是应该出现在文学作品里的。

二、杨凝式是梁、唐、晋、汉、周五朝元老，官至太子太保，是个"高干"，但是收到朋友赠送的一点韭菜花，却是那样的感激，正儿八经地写了一封信（杨凝式多作草书，黄山谷说："谁知洛阳杨风子，下笔便到乌丝阑。"《韭花帖》却是行楷），这使我们想到这位太保在口味上和老百姓的离脱不大。彼时亲友之间的馈赠，也不过是韭菜花这样的东西。今天，恐怕是不行的了。

三、这韭菜花不知道是怎样做成的，是清炒的，还是腌制的？但是看起来是配着羊肉一起吃的。"助其肥羜"，"羜"是出生五个月的小羊，杨凝式所吃的未必真是五个月的羊羔子，只是因为《诗·小雅·伐木》有"既有肥羜"的成句，就借用了吧。但是以韭花与羊肉同食，却是可以肯定的。北京现在吃涮羊肉，缺不了韭菜花，或以为这办法来自蒙古或西域回族，原来中国五代时已经有了。杨凝式是陕西人，以韭菜花蘸羊肉吃，盖始于中国西北诸省。

北京的韭菜花是腌了后磨碎了的，带汁。除了是吃涮羊肉必不可少的调料外，就这样单独地当咸菜吃也是可以的。熬一锅虾米皮大白菜，佐以一碟韭菜花，或臭豆腐，或卤虾酱，就着窝头、贴饼子，在北京的小家户，就是一顿不错的饭食。从前在科班里学戏，给饭吃，但没有菜，韭菜花、青椒糊、酱油，拿开水在大木桶里一沏，这就是菜。韭菜花很便宜，拿一只空碗，到油盐店去，3分钱、5分钱，售货员就能拿铁勺子舀给你多半勺。现在都改成用玻璃瓶装，不卖零，一瓶要一块多钱，很贵了。

过去有钱的人家自己腌韭菜花，以韭花和沙果、京白梨一同治为碎齑，那就很讲究了。

云南的韭菜花和北方的不一样。昆明韭菜花和曲靖韭菜花不同。昆明韭菜花是用酱腌的，加了很多辣子。曲靖韭菜花是白色的，乃以韭花和切得极细的、风干了的萝卜丝同腌成，很香，味道不很咸而且有一股说不出来的淡淡的甜味。曲靖韭菜花装在一个浅白色的茶叶筒似的陶罐里。凡到曲靖的，都要带几罐送人。我常以为曲靖韭菜花是中国咸菜里的"神品"。

我的家乡是不懂得把韭菜花腌了来吃的，只是在韭花还是骨朵儿，尚未开放时，连同掐得动的嫩薹，切为寸段，加瘦猪肉，炒了吃，这是"时菜"，过了那几天，菜薹老了，就没法吃了，做虾饼，以爆炒的韭菜骨朵儿衬底，美不可言。

端午的鸭蛋 / 汪曾祺

　　家乡的端午，很多风俗和外地一样。系百索子。五色的丝线拧成小绳，系在手腕上。丝线是掉色的，洗脸时沾了水，手腕上就印得红一道绿一道的。做香角子。丝线缠成小粽子，里头装了香面，一个一个串起来，挂在帐钩上。贴五毒。红纸剪成五毒，贴在门槛上。贴符。这符是城隍庙送来的。城隍庙的老道士还是我的寄名干爹，他每年端午节前就派小道士送符来，还有两把小纸扇。符送来了，就贴在堂屋的门楣上。一尺来长的黄色、蓝色的纸条，上面用朱笔画些莫名其妙的道道，这就能辟邪么？喝雄黄酒。用酒和的雄黄在孩子的额头上画一个王字，这是很多地方都有的。有一个风俗不知别处有不：放黄烟子。黄烟子是大小如北方的麻雷子的炮仗，只是里面灌的不是硝药，而是雄黄。点着后不响，只是冒出一股黄烟，能冒好一会儿。把点着的黄烟子丢在橱柜下面，说是可以熏五毒。小孩子点了黄烟子，常把它的一头抵在板壁上写虎字。写黄烟虎字笔画不能断，所以我们那里的孩子都会写草书的"一笔虎"。还有一个风俗，是端午节的午饭要吃"十二红"，就是十二道红颜色的菜。十二红里我只记得有炒红苋菜、油爆虾、咸鸭蛋，其余的都记不清，数不出了。也许十二红只是一个名目，不一定真凑足十二样。不过午饭的菜都是红的，这一点是我没有记错的，而且，苋菜、虾、鸭蛋，一定是有的。这三样，在我的家乡，都不贵，多数人家是吃得起的。

我的家乡是水乡。出鸭。高邮大麻鸭是著名的鸭种。鸭多，鸭蛋也多。高邮人也善于腌鸭蛋。高邮咸鸭蛋于是出了名。我在苏南、浙江，每逢有人问起我的籍贯，回答之后，对方就会肃然起敬："哦！你们那里出咸鸭蛋！"上海的卖腌腊的店铺里也卖咸鸭蛋，必用纸条特别标明"高邮咸蛋"。高邮还出双黄鸭蛋。别处鸭蛋也偶有双黄的，但不如高邮的多，可以成批输出。双黄鸭蛋味道其实无特别处。还不就是个鸭蛋！只是切开之后，里面圆圆的两个黄，使人惊奇不已。

我对异乡人称道高邮鸭蛋，是不大高兴的，好像我们那穷地方就出鸭蛋似的！不过高邮的咸鸭蛋，确实是好，我走的地方不少，所食鸭蛋多矣，但和我家乡的完全不能相比！曾经沧海难为水，他乡咸鸭蛋，我实在瞧不上。袁枚的《随园食单·小菜单》有"腌蛋"一条。袁子才这个人我不喜欢，他的《食单》好些菜的做法是听来的，他自己并不会做菜。但是《腌蛋》这一条我看后却觉得很亲切，而且"与有荣焉"。文不长，录如下：

> 腌蛋以高邮为佳，颜色细而油多，高文端公最喜食之。席间，先夹取以敬客，放盘中。总宜切开带壳，黄白兼用；不可存黄去白，使味不全，油亦走散。

高邮咸蛋的特点是质细而油多。蛋白柔嫩，不似别处的发干、发粉，入口如嚼石灰。油多尤为别处所不及。鸭蛋的吃法，如袁子才所说，带壳切开，是一种，那是席间待客的办法。平常食用，一般都是敲破"空头"用筷子挖着吃。筷子头一扎下去，吱——红油就冒出来了。高邮咸蛋的黄是通红的。苏北有一道名菜，叫作"朱砂豆腐"，就是用高邮鸭蛋黄炒的豆腐。我在北京吃的咸鸭蛋，蛋黄是浅黄色的，这叫什么咸鸭蛋呢！

端午节，我们那里的孩子兴挂"鸭蛋络子"。头一天，就由姑姑或姐姐用彩色丝线打好了络子。端午一早，鸭蛋煮熟了，由孩子自己去挑一个，鸭蛋有什么可挑的呢？有！一要挑淡青壳的。鸭蛋壳有白的和淡青的两种。二要挑形状好看的。别说鸭蛋都是一样的，细看却不同。有的样子蠢，有的秀气。挑好了，装在络子里，挂在大襟的纽扣上。这有什么好看呢？然而它是孩子心爱的饰物。鸭蛋络子挂了多半天，什么时候孩子一高兴，就把络子里的鸭蛋掏出来，吃了。端午的鸭蛋，新腌不久，只有一点淡淡的咸味，白嘴吃也可以。

孩子吃鸭蛋是很小心的。除了敲去空头，不把蛋壳碰破。蛋黄蛋白吃光了，用清水把鸭蛋壳里面洗净，晚上捉了萤火虫来，装在蛋壳里，空头的地方糊一层薄罗。萤火虫在鸭蛋里一闪一闪地亮，好看极了！

小时读囊萤映雪故事，觉得东晋的车胤用练囊盛了几十只萤火虫，照了读书，还不如用鸭蛋壳来装萤火虫。不过用萤火虫照亮来读书，而且一夜读到天亮，这能行么？车胤读的是手写的卷子，字大，若是读现在的新五号字，大概是不行的。

酸梅汤与糖葫芦 / 梁实秋

　　夏天喝酸梅汤，冬天吃糖葫芦，在北平是不分阶级人人都能享受的事。不过东西也有精粗之别。琉璃厂信远斋的酸梅汤与糖葫芦，特别考究，与其他各处或街头小贩所供应者大有不同。

　　徐凌霄《旧都百话》关于酸梅汤有这样的记载：

　　　　暑天之冰，以冰梅汤为最流行，大街小巷，干鲜果铺的门口，都可以看见"冰镇梅汤"四字的木檐横额。有的黄底黑字，甚为工致，迎风招展，好似酒家的帘子一样，使过往的热人，望梅止渴，富于吸引力。昔年京朝大老，贵客雅流，有闲工夫，常常要到琉璃厂逛逛书铺，品品古董，考考版本，消磨长昼。天热口干，辄以信远斋梅汤为解渴之需。

信远斋铺面很小，只有两间小小门面，临街是旧式玻璃门窗，拂拭得一尘不染，门楣上一块黑漆金字匾额，铺内清洁简单，道地北平式的装修。进门右手方有黑漆大木桶一，里面有一大白瓷罐，罐外周围全是碎冰，罐里是酸梅汤，所以名为冰镇，北平的冰是从什刹海或护城河挖取藏在窖内的，冰块里可以看见草皮木屑，泥沙秽物更不能免，是不能放在饮料里喝的。什刹海会贤堂的名件"冰碗"，莲蓬桃仁杏仁菱角藕都放在冰块上，食客不嫌其脏，真是不可思议。有人甚至把冰块放在酸梅汤里！信远斋的冰镇就高明多了。因为桶大罐小冰多，喝起来凉沁脾胃。他的酸梅汤的成功秘诀，是冰糖多、梅汁稠、水少，所以味浓而酽。上口冰凉，甜酸适度，含在嘴里如品纯醪，舍不得下咽。很少人能站在那里喝那一小碗而不再喝一碗的。抗战胜利还乡，我带孩子们到信远斋，我准许他们能喝多少碗都可以。他们连尽七碗方始罢休。我每次去喝，不是为解渴，是为解馋。我不知道为什么没有人动脑筋把信远斋的酸梅汤制为罐头行销各地，而一任"可口可乐"到处猖狂。

信远斋也卖酸梅卤、酸梅糕。卤冲水可以制酸梅汤，但是无论如何不能像站在那木桶旁边细啜那样有味。我自己在家也曾试做，在药铺买了乌梅，在干果铺买了大块冰糖，不惜工本，仍难如愿。信远斋掌柜姓萧，一团和气，我曾问他何以仿制不成，他回答得很妙："请您过来喝，别自己费事了。"

信远斋也卖蜜饯、冰糖子儿、糖葫芦。以糖葫芦为最出色。北平糖葫芦分三种。一种用麦芽糖，北平话是糖稀，可以做大串山里红的糖葫芦，可以长达五尺多，这种大糖葫芦，新年厂甸卖得最多。麦芽糖裹水杏儿（没长大的绿杏），很好吃，做糖葫芦就不见佳，尤其是山里红常是烂的或是带虫子屎。另一种用白糖和了粘上去，冷了之后白汪汪的一层霜，别有风味。正宗是冰糖葫芦，薄薄一层糖，透明雪亮。材料种类甚多，诸如海棠、山药、山药豆、杏干、葡萄、橘子、荸荠、核桃，但是以山里红为正宗。山里红，即山楂，北地盛产，味酸，裹糖则极可口。一般的糖葫芦皆用半尺来长的竹签来穿，街头小贩所售，多染尘沙，而且品质粗劣。东安市场所售较为高级。但仍以信远斋所制为最精，不用竹签，每一颗山里红或海棠均单个独立，所用之果皆硕大无疵，而且干净，放在垫了油纸的纸盒中由客携去。

　　离开北平就没吃过糖葫芦，实在想念。近有客自北平来，说起糖葫芦，据称在北平这种不属于任何一个阶级的食物几已绝迹。他说我们在台湾自己家里也未尝不可试做，台湾虽无山里红，其他水果种类不少，蘸了冰糖汁，放在一块涂了油的玻璃板上，送入冰箱冷冻，岂不即可等着大嚼？他说他制成之后将邀我共尝，但是迄今尚无下文，不知结果如何。

家常酒菜 / 汪曾祺

家常酒菜，一要有点新意，二要省钱，三要省事。偶有客来，酒渴思饮。主人卷袖下厨，一面切葱姜，调作料，一面仍可陪客人聊天，显得从容不迫，若无其事，方有意思。如果主人手忙脚乱，客人坐立不安，这酒还喝个什么劲！

拌菠菜

拌菠菜是北京大酒缸最便宜的酒菜。菠菜焯熟，切为寸段，加一勺芝麻酱、蒜汁，或是芥末，随意。过去（一九四八年以前）才二分钱一碟。现在北京的大酒缸已经没有了。

我做的拌菠菜稍为细致。菠菜洗净，去根，在开水锅中焯至八成熟（不可盖锅煮烂），捞出，过凉水，加一点盐，剁成菜泥，挤去菜汁，以手在盘中抟成宝塔状。先碎切香干（北方无香干，可以熏干代），如米粒大，泡好虾米，切姜末、青蒜末。香干末、虾米、姜末、青蒜末，手捏紧，分层堆在菠菜泥上，如宝塔顶。好酱油、香醋、小磨香油及少许味精在小碗中调好。菠菜上桌，将调料轻轻自塔顶淋下。吃时将宝塔推倒，诸料拌匀。

这是我的家乡制拌枸杞头、荠菜的办法。北京枸杞头不入馔，荠菜不香。无可奈何，代以菠菜。亦佳。请馋酒客，不妨一试。

拌萝卜丝

小红水萝卜，南方叫"杨花萝卜"，因为是杨花飘时上市的。洗净，去根须，不可去皮。斜切成薄片，再切为细丝，愈细愈好。加少糖，略腌，即可装盘，轻红嫩白，颜色可爱。扬州有一种菊花，即叫"萝卜丝"。临吃，浇以三合油（酱油、醋、香油）。

或加少量海蜇皮细丝同拌，尤佳。

家乡童谣曰："人之初，鼻涕拖，油炒饭，拌萝卜。"可见其普遍。

若无小水萝卜，可以心里美或卫青代，但不如杨花萝卜细嫩。

干丝

干丝是扬州菜。北方买不到扬州那种质地紧密，可以片薄片、切细丝的方豆腐干，可以以豆腐片代。但须选色白、质紧、片薄者。切极细丝，以凉水拔两三次，去盐卤味及豆腥气。

拌干丝。拔后的豆腐片细丝入沸水中煮两三开，捞出，沥去水，置浅汤碗中。青蒜切寸段，略焯，虾米发透，并堆置豆腐丝上。五香花生米搓去皮膜，撒在周围。好酱油、小磨香油、醋（少量），淋入，拌匀。

煮干丝。鸡汤或骨头汤煮。若无鸡汤骨汤，用高压锅煮几片肥瘦肉取汤亦可，但必须有荤汤，加火腿丝、鸡丝。亦可少加冬菇丝、笋丝。或入虾仁、干贝，均无不可。欲汤白者入盐。或稍加酱油（万不可多），少量白糖，则汤色微红。拌干丝宜素，要清爽；煮干丝则不厌浓厚。

无论拌干丝，煮干丝，都要加姜丝，多多益善。

扦瓜皮

黄瓜（不太老即可）切成寸段，用水果刀从外至内旋成薄条，如带，成卷。剩下带籽的瓜心不用，酱油、糖、花椒、大料、桂皮、胡椒（破粒）、干红辣椒（整个）、味精、料酒（不可缺）调匀。将扦好的瓜皮投入料汁，不时以筷子翻动，使瓜皮沾透料汁，腌约一小时，取出瓜皮装盘。先装中心，然后以瓜皮面朝外，层层码好，如一小馒头，仍以所余料汁自馒头顶淋下。扦瓜皮极脆，嚼之有声，诸味均透，仍有瓜香。此法得之海拉尔一曾治过国宴的厨师。一盘瓜皮，所费不过四五角钱耳。

炒苞谷

昆明菜。苞谷即玉米。嫩玉米剥出粒，与瘦猪肉同炒，少放盐。略用葱花煸锅亦可，但葱花不能煸得过老，如成黑色，不美观。不宜用酱油，酱油会掩盖苞谷的清香。起锅时可稍烹水，但不能多，多则成煮苞谷矣！我到菜市买玉米，挑嫩的，别人都很奇怪：

"挑嫩的干什么？"——"炒肉。"——"玉米能炒了吃？"北京人真是少见多怪。

松花蛋拌豆腐

北豆腐入开水焯过，俟冷，切为小骰子块，加少许盐。松花蛋（要腌得较老的），亦切为骰子块，与豆腐同拌。老姜在蒜臼中捣烂，加水，滗去渣，淋入。不宜用姜米，亦不加醋。

芝麻酱拌腰片

拌腰片要领：一、先不要去腰臊，只用快刀两面平片，剩下腰臊即可扔掉。如先将腰子平剖两半，剥出腰臊，再用平刀片，则腰片易残破不整。二、腰片须用凉水拔，频频换水，至腰片血水排净，方可用。三、焯腰片要锅大水多。等水大开，将腰片推下，旋即用笊篱抄出，不可等腰片复开。将第一次焯腰片的水泼去，洗净锅，再坐锅，水大开，将焯过一次的腰片投入再焯，旋即捞出，放凉水盆中。两次焯，则腰片已熟，而仍脆嫩。如一次焯，待腰片大开，即成煮矣。腰片凉透，挤去水，入盘，浇以芝麻酱、剁碎的郫县豆瓣、葱末、姜米、蒜泥。

拌里脊片

以四川制水煮牛肉法制猪肉，亦可。里脊或通脊斜切薄片，以芡粉抓过。烧开水一锅，投入肉片，以笊篱翻拢，至肉片变色，即可捞出，加调料。

如热吃，即可倾入水煮牛肉的调料：郫县豆瓣（剁碎）炒至出香味，加酱油、少量糖、料酒。最后撒碾碎的生花椒、芝麻。

焯过肉的汤，撇去浮沫，可做一个紫菜汤。

塞馅回锅油条

油条两股拆开，切成寸半长的小段。拌好猪肉（肥瘦各半）馅。馅中加盐、葱花、姜末。如加少量榨菜末或酱瓜末、川冬菜末，亦可。用手指将油条小段的窟窿捅通，将肉馅塞入、逐段下油锅炸至油条挺硬，肉馅已熟，捞出装盘。此菜嚼之酥脆。油条中有矾，略有涩味，比炸春卷味道好。

这道菜是本人首创，为任何菜谱所不载。很多菜都是馋人瞎琢磨出来的。

其他酒菜

凤尾鱼、广东香肠，市场上可以买到；茶叶蛋、油炸花生米、五香煮栗子、煮毛豆，人人会做；盐水鸭、水晶肘子，做起来太费事，皆不及。

我吃，故我在

醋熘鱼 / 梁实秋

清梁晋竹《两般秋雨庵随笔》：

西湖醋熘鱼，相传是宋五嫂遗制，近则工料简潦，直不见其佳处。然名留刀匕，四远皆知。番禺方橡枰孝廉恒泰《西湖词》云：

小泊湖边五柳居，

当筵举网得鲜鱼。

味酸最爱银刀鲙，

河鲤河鲂总不如。

梁晋竹是清道光时人，距今不到二百年，他已感叹当时的西湖醋熘鱼之徒有虚名。宋五嫂的手艺，吾固不得而知，但是七十年前侍先君游杭，在楼外楼尝到的醋熘鱼，仍惊叹其鲜美，嗣后每过西湖辄登楼一膏馋吻。楼在湖边，凭窗可见巨篓系小舟，篓中蓄鱼待烹，固不必举网得鱼。普通选用青鱼，即草鱼，鱼长不过尺，重不逾半斤，宰割收拾过后沃以沸汤，熟即起锅，勾芡调汁，浇在鱼上，即可上桌。

醋熘鱼当然是汁里加醋，但不宜加多，可以加少许酱油，亦不能多加。汁不要多，也不要浓，更不要油，要清清淡淡，微微透明。上面可以略撒姜末，不可加葱丝，更绝对不可加糖。如此方能保持现杀活鱼之原味。

现时一般餐厅，多标榜西湖醋熘鱼，与原来风味相去甚远。往往是浓汁满溢，大量加糖，无复清淡之致。

锅烧鸡 / *梁实秋*

北平的饭馆几乎全属烟台帮；济南帮兴起在后。烟台帮中致美斋的历史相当老。清末魏元旷《都门琐记》谈到致美斋："致美斋以四做鱼名。盖一鱼而四做之，子名'万鱼'，鱼头尾皆红烧，酱炙中段，余或炸炒，或醋熘、糟熘。"致美斋的鱼是做得不错，我所最欣赏的却别有所在。锅烧鸡是其中之一。

先说致美斋这个地方。店坐落在煤市街，坐东面西，楼上相当宽敞，全是散座。因生意鼎盛，在对面一个非常细窄的尽头开辟出一个致美楼，楼上楼下全是雅座。但是厨房还是路东的致美斋的老厨房，做好了菜由小利巴提着盒子送过街。所以这个雅座非常清静。左右两个楼梯，由左梯上去正面第一个房间是我随侍先君经常占用的一间，窗户外面有一棵不知名的大树遮掩，树叶很大，风也萧萧，无风也萧萧，很有情调。我第一次吃醉酒就是在这个房间里。几杯花雕下肚之后还索酒吃，先君不许，我站在凳子上舀起一大勺汤泼将过去，泼溅在先君的两截衫上，随后我即晕倒，醒来发觉已在家里。这一件事我记忆甚清，时年六岁。

锅烧鸡要用小嫩鸡，北平俗语称之为"桶子鸡"，疑系"童子鸡"之讹。严辰《忆京都词》有一首：

忆京都·桶鸡出便宜

衰翁最便宜无齿，

制仿金陵突过之。

不似此间烹不热，

关西大汉方能嚼。

注云："京都便宜坊桶子鸡，色白味嫩，嚼之可无渣滓。"他所谓便宜坊桶子鸡，指生的鸡，也可能是指熏鸡。早年一元钱可以买四只。南京的油鸡是有名的，广东的白切鸡也很好，其细嫩并不在北平的之下。严辰好像对北平桶子鸡有偏爱。

我所谓桶子鸡是指那半大不小的鸡，也就是做"炸八块"用的那样大小的鸡。整只的在酱油里略浸一下，下油锅炸，炸到皮黄而脆。同时另锅用鸡杂（即鸡肝鸡胗鸡心）做一小碗卤，连鸡一同送出去。照例这只鸡是不用刀切的，要由跑堂的伙计站在门外用手来撕的，撕成一条条的，如果撕出来的鸡不够多，可以在盘子里垫上一些黄瓜丝。连鸡带卤一起送上桌，把卤浇上去，就成为爽口的下酒菜。

何以称之为锅烧鸡，我不大懂。坐平浦火车路过德州的时候，可以听到好多老幼妇孺扯着嗓子大叫："烧鸡烧鸡！"旅客伸手窗外就可以购买。早先大约一元可买三只，烧得焦黄油亮，劈开来吃，咸渍渍的，挺好吃，（夏天要当心，外表亮光光，里面可能大蛆咕咕囔囔！）这种烧鸡是用火烧的，也许馆子里的烧鸡加上一个锅字，以示区别。

佛跳墙 / 梁实秋

佛跳墙的名字好怪。何物美味竟能引得我佛失去定力跳过墙去品尝？我来台湾以前没听说过这一道菜。

《读者文摘》（一九八三年七月份中文版）[1]引载可叵的一篇短文《佛跳墙》，据她说佛跳墙"那东西说来真罪过，全是荤的，又是猪脚，又是鸡，又是海参、蹄筋，炖成一大锅。……这全是广告噱头，说什么这道菜太香了，香得连佛都跳墙去偷吃了"。我相信她的话，是广告噱头，不过佛都

---

[1] 该处为台湾出版的《读者文摘》。——编者注

跳墙，我也一直跃跃欲试。

同一年三月七日《青年战士报》有一位郑木金先生写过一篇《油画家杨三郎祖传菜名闻艺坛——佛跳墙耐人寻味》，他大致说："传自福州的佛跳墙……在台北各大餐馆正宗的佛跳墙已经品尝不到了。……偶尔在一般乡间家庭的喜筵里也会出现此道台湾名菜，大都以芋头、鱼皮、排骨、金针菇为主要配料。其实源自福州的佛跳墙，配料极其珍贵。杨太太许玉燕花了十多天闲工夫才能做成的这道菜，有海参、猪蹄筋、红枣、鱼翅、鱼皮、栗子、香菇、蹄膀筋肉等十种昂贵的配料，先熬鸡汁，再将去肉的鸡汁和这些配料予以慢工出细活的好几遍煮法，前后计时将近两星期……已不再是原有的各种不同味道，而合为一味。香醇甘美，齿颊留香，两三天仍回味无穷。"这样说来，佛跳墙好像就是一锅煮得稀巴烂的高级大杂烩了。

北方流行的一个笑话，出家人吃斋茹素，也有老和尚忍耐不住想吃荤腥，暗中买了猪肉运入僧房，趁大众入睡之后，纳肉于釜中，取佛堂燃剩之蜡烛头一罐，轮番点燃蜡烛头于釜下烧之。恐香气外溢，乃密封其釜使不透气。一罐蜡烛头于一夜之间烧光，细火久焖，而釜中之肉烂矣；而且酥软味腴，迥异寻常。戏名之为"蜡头炖肉"。这当然是笑话，但是有理。

我没有方外的朋友，也没吃过蜡头炖肉，但是我吃过"坛子肉"。坛子就是瓦钵，有盖，平常做储食物之用。坛子不需大，高半尺以内最宜。肉及作料放在坛子里，不需加水，密封坛盖，文火慢炖，稍加冰糖。抗战时在四川，冬日取暖多用炭盆，亦颇适于做坛子肉，以坛置定盆中，烧一大盆缸炭，坐坛子于炭火中而以灰覆炭，使徐徐燃烧，约十小时后炭未尽成烬而坛子肉熟矣。纯用精肉，佐以葱姜，取其不失本味，如加配料以笋为最宜，因为笋不夺味。

"东坡肉"无人不知。究竟怎样才算是正宗的东坡肉，则去古已远，很难说了。幸而东坡有一篇"猪肉颂"：

> 净洗铛，少着水，
> 柴头灶烟焰不起。
> 待他自熟莫催他，
> 火候足时他自美。
> 黄州好猪肉，价钱如泥土，
> 贵者不肯食，贫者不解煮。
> 早晨起来打两碗，
> 饱得自家君莫管。

看他的说法，是晚上煮了第二天早晨吃，无他秘诀，小火慢煨而已。也是循蜡头炖肉的原理，就是坛子肉的别名吧？

　　一日，唐嗣尧先生招余夫妇饮于其巷口一餐馆，云其佛跳墙值得一尝，乃欣然往。小罐上桌，揭开罐盖热气腾腾，肉香触鼻。是否及得杨三郎先生家的佳制固不敢说，但亦颇使老饕满意。可惜该餐馆不久歇业了。

　　我不是远庖厨的君子，但是最怕做红烧肉，因为我性急而健忘，十次烧肉九次烧焦，不但糟蹋了肉，而且烧毁了锅，满屋浓烟，邻人以为是失了火。近有所谓电慢锅者，利用微弱电力，可以长时间地煨煮肉类，对于老而且懒又没有记性的人颇为有用，曾试烹近似佛跳墙一类的红烧肉，很成功。

鸡鸭与鹅 / 周作人

前回且居先生提议越鸡烤了吃怎么样，我来响应他，写了一篇小文，题曰《烤越鸡》，不大赞成他的提议，却也不一定反对。但中间有一句话云，我对于鸡鸭本不爱好，这却是错误的，鸡字乃是烤字之误。我附议且居先生，主张吃白鸡与糟鸡，又以未吃齐公的虾油鸡为恨，可见并不是不爱好鸡肉的，辨明没有什么必要，但那是事实，否则上下文气也有矛盾。至于鸭，我确是不喜欢，虽然酱鸭与盐水鸭也有可取，但确不能说它比糟鸡或油鸡能好多少。到便宜坊去吃烤鸭子，假如有人请我自然不见得拒绝，不过并不怎么佩服，这脆索索的烤焦的皮，蘸上甜酱加大葱，有什么好吃的，我很怀疑有些人多不免是耳食。西洋人夸称"北京鸭"，一半是好奇，一半是烧烤所以合口味，但由我看来，这至少不是南方味，我们还有守旧分子的人总觉得没有多大意思。烧鹅我却是很爱吃，那与烤鸭子有好些不同，它不怕冷吃，连肉切块，不单取皮和油，又用酱油与醋蘸，便全是乡下风味，糟鹅与扣鹅也很好吃，要说它比鸡更好似乎并无不可。北京不吃鹅肉很是可惜，它只是背上涂上洋红，假充作雁，用于结婚时，近来旧式婚礼渐废，在市上它也就几乎看不见了。

手把肉 / 汪曾祺

　　蒙古族人从小吃惯羊肉，几天吃不上羊肉就会想得慌。蒙古族舞蹈家斯琴高娃（蒙古族女的叫斯琴高娃的很多，跟娜仁花一样普遍）到北京来，带着她的女儿。她的女儿对北京的饭菜吃不惯。我们请她在晋阳饭庄吃饭，这小姑娘对红烧海参、脆皮鱼……统统不感兴趣。我问她想吃什么，"羊肉！"我把服务员叫来，问他们这儿有没有羊肉，说只有酱羊肉。"酱羊肉也行，咸不咸？""不咸。"端上来，是一盘羊犍子。小姑娘白嘴把一盘羊犍子都吃了。问她："好吃不好吃？""好吃！"她妈说："这孩子！真是蒙古人！她到北京几天，头一回说'好吃'。"

蒙古族人非常好客，有人骑马在草原上漫游，什么也不带，只背了一条羊腿。日落黄昏，看见一个蒙古包，下马投宿。主人把他的羊腿解下来，随即杀羊。吃饱了，喝足了，和主人一家同宿在蒙古包里，酣然一觉。第二天主人送客上路，给他换了一条新的羊腿背上。这人在草原上走了一大圈，回家的时候还是背了一条羊腿，不过已经不知道换了多少次了。

上世纪七十年代初期，我们为了搜集材料，曾经四下内蒙古。我在内蒙古学会了两句蒙古话。蒙古族同志说，会说这两句话就饿不着。一句是"不达一的"——要吃的；一句是"莫哈一的"——要吃肉。"莫哈"泛指一切肉，特指羊肉。（元杂剧有一出很特别，汉话和蒙古话掺和在一起唱。其中有一句是"莫哈整斤吞"，意思是整斤地吃羊肉。）果然，我从鄂尔多斯市到呼伦贝尔大草原，走了不少地方，吃了多次手把肉。

八九月是草原最美的时候。经过一夏天的雨水，草都长好了，草原一片碧绿。阿格长好了，灰背青长好了，阿格和灰背青是牲口最爱吃的草。草原上的草在我们看起来都是草，牧民却对每一种草都叫得出名字。草里有野葱、野韭菜（蒙古人说他们那里的羊肉不膻，是因为羊吃野葱，自己把味解了）。草原上到处开着五颜六色的花。羊这时也都上了膘了。

内蒙古的作家、干部爱在这时候下草原，体验生活，调查工作，也是为去"贴秋膘"。进了蒙古包，先喝奶茶。内蒙古的奶茶制法比较简单，不像西藏的酥油茶那样麻烦。只是用铁锅坐一锅水，水开后抓入一把茶叶，滚儿滚，加牛奶，放一把盐，即得。我没有觉得有太大的特点，但喝惯了会上瘾的。（蒙古族人一天也离不开奶茶。很多人早起不吃东西，喝两碗奶茶就去放羊。）摆了一桌子奶食，奶皮子、奶油（是稀的）、奶渣子……还有月饼、桃酥。客人喝着奶茶，蒙古包外已经支起大锅，坐上水，杀羊了。蒙古族人杀羊真是神速，不是用刀子捅死的，是掐断羊的主动脉。羊挣扎都不挣扎，就死了。马上开膛剥皮，工具只有一把比水果刀略大一点的折刀。一会儿的工夫，羊皮就剥下来，抱到稍远处晒着去了。看看杀羊的现场，连一滴血都不溅出，草还是干干净净的。

"手把肉"即白水煮切成大块的羊肉。一手"把"着一大块肉，用一柄蒙古刀自己割了吃。蒙古族人用刀子割肉真有功夫。一块肉吃完了，骨头上连一根肉丝都不剩。有小孩子割剔得不净，妈妈就会说："吃干净了，别像那干部似的！"干部吃肉，不像牧民细心，也可能不大会使刀子。牧民对奶、对肉都有一种近似宗教情绪似的敬重，正如汉族的农民对粮食一样，糟蹋了，是罪过。吃手把肉过去是不预备佐料的，顶多放一碗盐水，蘸了吃。现在也有一点佐料，酱油、韭菜花之类。因为是现杀、现煮、现吃，所以非常鲜嫩。在我一生中吃过的各种做法的羊肉中，我以为手把羊肉第一。如果要我给它一个评语，我将毫不犹豫地说：无与伦比！

吃肉，一般是要喝酒的。蒙古族人极爱喝酒，而且几乎每饮必醉。我在呼和浩特听一个土默特旗的汉族干部说"骆驼见了柳，蒙古人见了酒"，意思就走不动了——骆驼爱吃柳条。我以为这是一句现代俗话。偶读一本宋人笔记，见有"骆驼见柳，蒙古见酒"之说，可见宋代已有此谚语，已经流传几百年了。可惜我把这本笔记的书名忘了。宋朝的蒙古人喝的大概是武松喝的那种煮酒，不会是白酒——蒸馏酒。白酒是元朝的时候才从阿拉伯传进来的。

在达茂旗吃过一次"羊贝子"，即煮全羊。整只羊放在大锅里煮。据说蒙古族人吃只煮三十分钟，因为我们是汉族，怕太生了不敢吃，多煮了十五分钟。整羊，剁去四蹄，趴在一个大铜盘里。羊头已经切下来，但仍放在脖子后面的腔子上，上桌后再搬走。吃羊贝子有规矩，先由主客下刀，切下两条脖子后面的肉（相当于北京人所说的"上脑"部位），交叉斜搭在肩背上，然后其他客人才动刀，各自选取自己爱吃的部位。羊贝子真是够嫩的，一刀切下去，会有血水滋出来。同去的编剧、导演，有的望而生畏，有的浅尝即止，鄙人则吃了个不亦乐乎。羊肉越嫩越好。蒙古族人认为煮久了的羊肉不好消化，诚然诚然。我吃了一肚子半生的羊肉，太平无事。

蒙古族人真能吃肉。海拉尔有两位书记到北京东来顺吃涮羊肉，两个人要了十四盘肉，服务员问："你们吃得完吗？"一个书记说："前几天我们在呼伦贝尔，五个人吃了一只羊！"

蒙古族人不是只会吃手把肉，他们也会各种吃法。呼和浩特的烧羊腿，烂、嫩、鲜、入味。我尤其喜欢吃清蒸羊肉。我在四子王旗一家不大的饭馆中吃过一次"拔丝羊尾"。我吃过拔丝山药、拔丝土豆、拔丝苹果、拔丝香蕉，从来没听说过羊尾可以拔丝。外面有一层薄薄的脆壳，咬破了，里面好像什么也没有，一包清水，羊尾油已经化了。这东西只宜供佛，人不能吃，因为太好吃了！

我在新疆唐巴拉牧场吃过哈萨克的手抓羊肉。做法与内蒙古的手把肉略似，也是大锅清水煮，但切的肉块较小，煮的时间稍长。肉熟后，下面条，然后装在大瓷盘里端上来。下面是面，上面是肉。主人以刀把肉切成小块，客人以手抓肉及面同吃。吃之前，由一个孩子执铜壶注水于客人之手。客人手上浇水后不能向后甩，只能待其自干，否则即是对主人不敬。铜壶颈细而长，壶身镂花，有中亚风格的影子。

吃烧鹅 / 周作人

春天来了，一眨眼就是春分清明，又是扫墓时节了。小时候扫墓采杜鹃花的乐趣到了成年便已消失，至今还记忆着的只有烧鹅的味道，因为北方没有这东西，所以特别不能忘记也未可知。在乡下的上坟酒席中，一定有一味烧鹅，称为熏鹅，制法与北京的烧鸭子一样，不过它并不以皮为重，乃是连肉一起，蘸了酱油醋吃，肉理较粗，可是我觉得很好吃，比鸭子还好。烧鹅之外，还有糟鹅和白鲞扣鹅，也都是很好的。北京有鹅却并不吃，只是在结婚仪式上用洋红染了颜色，当作礼物，随后又卖给店里，等别的人家使用，我们旁观者看它就是这样的养老了，实在有点可惜。大概这还是奠雁的遗意，雁捉不到，便把鹅来替代，反正雁也就是野鹅，鹅的样子颇不寒碜，的确可以替代得过。相传王羲之爱鹅，大抵也是赏识它的神气，陆农师在《埤雅》中说，鹅善转旋其项，古之学书者法以动腕，羲之好鹅者以此，乃是十足乡下人的话，未免有点可笑。羲之旧宅在戴山下，后来舍宅为寺，颜曰戒珠，后人望文生义，便造出传说来，云有珠为鹅所吞，疑人窃去，未几鹅死剖腹得珠，乃大恨悔，遂舍宅而称以戒珠云。案戒珠本佛教成语，谓戒如璎珞珠，如云以珠为戒，反为不词，至于鹅吞珠事见于《贤愚因缘经》，赞颂梵志的守戒与穿珠师的忏悔，反复唱说，是绝好一篇弹词，与羲之自无关系，唯以鹅故而被牵连说及，则亦不能说全没有因缘也。

火腿 / 汪曾祺

云南宣威火腿与浙江金华火腿齐名，难分高下。金华火腿知道的人多，有许多品级。比较著名的是"雪舫蒋腿"。更高级的，以竹叶熏成的，谓之"竹叶腿"。宣威火腿似没有这么多讲究，只是笼统地叫作火腿。火腿出在宣威，据说宣威家家腌制，而集中销售地则在昆明。正义路牌坊东侧原来有一家火腿庄，除了卖整只、零切的火腿，还卖火腿骨、火腿油。上海卖金华火腿的南货店有时卖"火腿脚爪"，单卖火腿油，却没有听说过。火腿骨熬汤，火腿油炖豆腐，想来　定很好吃。

火腿作为提味的配料时多，单吃，似只有一种吃法，蒸熟了切片。从前有蜜炙火腿，不知好吃否。金华火腿按部位分油头、上腰、中腰——再以下便是脚爪。昆明人吃火腿特重小腿至肘棒的那一部分，谓之"金钱片腿"，因为切开作圆形，当中是精肉，周围是肥肉，带着一圈薄皮。大西门外有一家本地饭馆，不大，很不整洁，但是菜品不少，金钱片腿是必备的。因为赶马的马锅头最爱吃这道菜，——这家饭馆的主要顾客是马锅头。马锅头兄弟一进门，别的菜还没有要，先叫："切一盘金钱片腿！"

一道昆明菜，不是以火腿为主料，但离开火腿却不成的，是"锅贴乌鱼"。这是东月楼的名菜。乃以乌鱼两片（乌鱼必活杀，鱼片须旋批），中夹兼肥带瘦的火腿一片，在平底铛上，以文火烙成，不加任何别的作料。鲜嫩香美，不可名状。

东月楼在护国路，是一家地道的昆明老馆子。除锅贴乌鱼外，尚有酱鸡腿，也极好。听说东月楼现在也没有了。

昆明吉庆祥的火腿月饼甚佳。今年中秋，北京运到一批，买来一尝，滋味犹似当年。

烧鸭 / 梁实秋

北平烤鸭，名闻中外，在北平不叫烤鸭，叫烧鸭，或烧鸭子，在口语中加一子字。

《北平风俗杂咏》严辰《忆京都词》十一首，第五首云：

忆京都·填鸭冠寰中

烂煮登盘肥且美，

加之炮烙制尤工。

此间亦有呼名鸭，

骨瘦如柴空打杀。

严辰是浙人，对于北平填鸭之倾倒，可谓情见乎词。

北平苦旱，不是产鸭盛地，唯近在咫尺之通州，得运河之便，渠塘交错，特宜畜鸭。佳种皆纯白，野鸭花鸭则非上选。鸭自通州运到北平，仍需施以填肥手续。以高粱及其他饲料揉搓成圆条状，较一般香肠热狗为粗，长约四寸许。通州的鸭子师傅抓过一只鸭来，夹在两条腿间，使不得动，用手掰开鸭嘴，以粗长的一根根的食料蘸着水硬行塞入。鸭子要叫都叫不出声，只有眨巴眼的份儿。塞进口中之后，用手紧紧地往下捋鸭的脖子，硬把那一根根的东西挤送到鸭的胃里。填进几根之后，眼看着再填就要撑破肚皮，这才松手，把鸭关进一间不见天日的小棚子里。几十百只鸭关在一起，像沙丁鱼，绝无活动余地，只是尽量给予水喝。这样关了若干天，天天扯出来填，非肥不可，故名填鸭。一来鸭子品种好，二来师傅手艺高，所以填鸭为北平所独有。抗战时期在后方有一家餐馆试行填鸭，三分之一死去，没死的虽非骨瘦如柴，也并不很肥，这是我亲眼看到的。鸭一定要肥，肥才嫩。

北平烧鸭，除了专门卖鸭的餐馆如全聚德之外，是由便宜坊（即酱肘子铺）发售的。在馆子里亦可吃烤鸭，例如在福全馆宴客，就可以叫右边邻近的一家便宜坊送了过来。自从宣外的老便宜坊关张以后，要以东城的金鱼胡同口的宝华春为后起之秀，楼下门市，楼上小楼一角最是吃烧鸭的好地方。

在家里，打一个电话，宝华春就会派一个小利巴，用保温的铅铁桶送来一只才出炉的烧鸭，油淋淋的，烫手热的。附带着他还管代蒸荷叶饼葱酱之类。他在席旁小桌上当众片鸭，手艺不错，讲究片得薄，每一片有皮有油有肉，随后一盘瘦肉，最后是鸭头鸭尖，大功告成。主人高兴，赏钱两吊，小利巴欢天喜地称谢而去。

填鸭费工费料，后来一般餐馆几乎都卖烧鸭，叫作叉烧烤鸭，连闷炉的设备也省了，就地一堆炭火一根铁叉就能应市。同时用的是未经填肥的普通鸭子，吹凸了鸭皮晾干一烤，也能烤得焦黄迸脆。但是除了皮就是肉，没有黄油，味道当然差得多。有人到北平吃烤鸭，归来盛道其美，我问他好在哪里，他说："有皮，有肉，没有油。"我告诉他："你还没有吃过北平烤鸭。"

所谓一鸭三吃，那是广告噱头。在北平吃烧鸭，照例有一碗滴出来的油，有一副鸭架装。鸭油可以蒸蛋羹，鸭架装可以熬白菜，也可以煮汤打卤。馆子里的鸭架装熬白菜，可能是预先煮好的大锅菜，稀汤洸水，索然寡味。会吃的人要把整个的架装带回家里去煮。这一锅汤，若是加口蘑（不是冬菇，不是香蕈）打卤，卤上再加一勺炸花椒油，吃打卤面，其味之美无与伦比。

芙蓉鸡片 / 梁实秋

在北平，芙蓉鸡片是东兴楼的拿手菜。请先说说东兴楼。东兴楼在东华门大街路北，名为楼其实是平房，三进又两个跨院，房子不算大，可是间架特高，简直不成比例，据说其间还有个故事。当初兴建的时候，一切木料都已购妥，原是预备建筑楼房的，经人指点，靠近皇城根儿盖楼房有窥视大内的嫌疑，罪不在小，于是利用已有的木材改造平房，间架特高了。据说东兴楼的厨师来自御膳房，所以烹调颇有一手，这已不可考。其手艺属于烟台一派，格调很高。在北京山东馆子里，东兴楼无疑的当首屈一指。

一九二六年夏，时昭瀛自美国回来，要设筵邀请同学一叙，央我提调，我即建议席设东兴楼。彼时燕翅席一桌不过十六元，小学教师月薪仅三十余元，昭瀛坚持要三十元一桌。我到东兴楼吃饭，顺便订席。柜上闻言一惊，曰："十六元足矣，何必多费？"我不听。开筵之日，珍错杂陈，丰美自不待言。最满意者，其酒特佳。我吩咐茶房打电话到长发叫酒，茶房说不必了，柜上已经备好。原来柜上藏有花雕埋在地下已逾十年，取出一坛，羼以新酒，斟在大口浅底的细瓷酒碗里，色泽光润，醇香扑鼻，生平品酒此为第一。似此佳酿，酒店所无。而其开价并不特昂，专为留待嘉宾。当年北京大馆风范如此。与宴者吴文藻、谢冰心、瞿菊农、谢奋程、孙国华等。

北京饭馆跑堂都是训练有素的老手。剥蒜剥葱剥虾仁的小利巴，熬到独当一面的跑堂，至少要到三十岁左右的光景。对待客人，亲切周到而有分寸。在这一方面东兴楼规矩特严。我幼时侍先君饮于东兴楼，因上菜稍慢，我用牙箸在盘碗的沿上轻轻敲了叮当两响，先君急止我曰："千万不可敲盘碗作响，这是外乡客粗鲁的表现。你可以高声喊人，但是敲盘碗表示你要掀桌子。在这里，若是被柜上听到，就会立刻有人出面赔不是，而且那位当值的跑堂就要卷铺盖，真个的卷铺盖，有人把门帘高高掀起，让你亲见那个跑堂扛着铺盖卷儿从你门前急驰而过。不过这是表演性质，等一下他会从后门又转回来的。"跑堂待客要殷勤，客也要有相当的风度。

现在说到芙蓉鸡片。芙蓉大概是蛋白的意思，原因不明，"芙蓉虾仁""芙蓉干贝""芙蓉青蛤"皆曰芙蓉，料想是忌讳蛋字。取鸡胸肉，细切细斩，使成泥。然后以蛋白搅和之，搅到融和成为一体，略无渣滓，入温油锅中摊成一片片状。片要大而薄，薄而不碎，熟而不焦。起锅时加嫩豆苗数茎，取其翠绿之色以为点缀。如洒上数滴鸡油，亦甚佳妙。制作过程简单，但是在火候上恰到好处则见功夫。东兴楼的菜概用中小盘，菜仅盖满碟心，与湘菜馆之长箸大盘迥异其趣。或病其量过小，殊不知美食者不必是饕餮客。

抗战期间，东兴楼被日寇盘踞为队部。胜利后我返回故都，据闻东兴楼移帅府园营业，访问之后大失所望。盖已名存实亡，无复当年手艺。菜用大盘，粗劣庸俗。

烧羊肉 / 梁实秋

大家都知道北平月盛斋的酱羊肉酱牛肉，制作精良，名闻遐迩。其实夏季各处羊肉床子所卖的烧羊肉，才是一般市民所常享受的美味。月盛斋的出品虽然好，谁愿老远地跑到前门户部街去买他一斤两斤的肉？

烧羊肉和酱羊肉不同，味道不同，制法不同，吃法不同。酱羊肉是大块羊肉炖得烂透，切片，冷食。烧羊肉完全不一样。烧羊肉只有羊肉床子卖。所谓羊肉床子，就是屠宰售卖羊肉的店铺，到了夏季附带着于午后卖烧羊肉。店铺全是回族人的生意，内外清洁，刷洗得一尘不染。大块五花羊肉入锅煮熟，捞出来，俟稍干，入油锅炸，炸到外表焦黄，再入大锅加料加酱油焖煮，煮到呈焦黑色，取出切条。这样的羊肉，外焦里嫩，走油不腻。买烧羊肉的时候不要忘了带碗，因为他会给你一碗汤，其味浓厚无比。自己做抻条面，用这汤浇上，比一般的牛肉面要鲜美得多。正是新蒜上市的时候，一条条编成辫子的大蒜沿街叫卖，新蒜不比旧蒜，特别嫩脆。也正是黄瓜的旺季，切成条。大蒜黄瓜佐烧羊肉面，美不可言。

离开北平，休想吃到像样的羊肉。湖南馆子的红烧羊肉，没有羊肉味，当然也就没有羊肉特具的腥膻，同时也就没有羊肉特具的香气，而且连皮带肉一起红烧，北方佬看了一惊。有一天和一位旗籍朋友聊天，谈起烧羊肉，惹得他眉飞色舞，涎流三尺。他说，此地既有羊肉，虽说品质甚差，然而何妨一试？他说做就做，不数日，喊我去尝。果然有七八分相似，慰情聊胜于无，相与抚掌大笑。

汽锅鸡 / 汪曾祺

中国人很会吃鸡。广东的盐焗鸡，四川的怪味鸡，常熟的叫花鸡，山东的炸八块，湖南的东安鸡，德州的扒鸡……如果全国各种做法的鸡来一次大奖赛，哪一种鸡该拿金牌？我以为应该是昆明的汽锅鸡。

是什么人想出了这种非常独特的吃法？估计起来，先得有汽锅，然后才有汽锅鸡。汽锅以建水所制者最佳。现在全国出陶器的地方都能造汽锅，如江苏的宜兴。但我觉得用别处出的汽锅蒸出来的鸡，都不如用建水汽锅做出的有味。这也许是我的偏见。汽锅既出在建水，那么，昆明的汽锅鸡也可能是从建水传来的吧？

原来在正义路近金碧路的路西有一家专卖汽锅鸡。这家不知有没有店号，进门处挂了一块匾，上书四个大字："培养正气"。因此大家就径称这家饭馆为"培养正气"。过去昆明人一说："今天我们培养一下正气。"听话的人就明白是去吃汽锅鸡。"培养正气"的鸡特别鲜嫩，而且屡试不爽。没有哪一次去吃了，会说："今天的鸡差点事！"所以能永远保持质量，据说他家用的鸡都是武定肥鸡。鸡瘦则肉柴，肥则无味。独武定鸡极肥而有味。揭盖之后：汤清如水，而鸡香扑鼻。

听说"培养正气"已经没有了。昆明饭馆里卖的汽锅鸡已经不是当年的味道，因为用的不是武定鸡，什么鸡都有。

恢复"培养正气"，重新选用武定鸡，该不是难事吧？

昆明的白斩鸡也极好。玉溪街卖馄饨的摊子的铜锅上搁一个细铁条箅子，上面都放两三只肥白的熟鸡。随要，即可切一小盘。昆明人管白斩鸡叫"凉鸡"。我们常常去吃，喝一点酒，因为是坐在一张长板凳上吃的，有一个同学为这种做法起了一个名目，叫"坐失（食）良（凉）机（鸡）"。玉溪街卖的鸡据说是玉溪鸡。

华山南路与武成路交界处从前有一家馆子叫"映时春"，做油淋鸡极佳。大块鸡生炸，十二寸的大盘，高高地堆了一盘。蘸花椒盐吃。二十几岁的小伙子，七八个人，人得三五块，顷刻瓷盘见底矣。如此吃鸡，平生一快。

昆明旧有卖爐鸡杂的、挎腰圆食盒，串街唤卖。鸡肫鸡肝皆用篾条穿成一串，如北京的糖葫芦。鸡肠子盘紧如素鸡，买时旋切片。耐嚼，极有味，而价甚廉，为佐茶下酒妙品。估计昆明这样的小吃已经没有了。曾与老昆明谈起，全似孟元老《东京梦华录》中所记了也。

牛肉 / 汪曾祺

我一辈子没有吃过昆明那样好的牛肉。

昆明的牛肉馆的特别处是只卖牛肉一样——外带米饭、酒，不卖别的菜肴。这样的牛肉馆，据我所知，有三家。有一家在大西门外风翥街，因为离西南联大很近，我们常去。我是由这家"学会"吃牛肉的。一家在小东门。而以小西门外马家牛肉馆为最大。楼上楼下，几十张桌子。牛肉馆的牛肉是分门别类地卖的。最常见的是汤片和冷片。白牛肉切薄片，浇滚烫的清汤，为汤片。冷片也是同样旋切的薄片，但整齐地码在盘子里，蘸甜酱油吃（甜酱油为昆明所特有）。汤片、冷片皆极酥软，而不散碎。听说切汤片冷片的肉是整个一边牛蒸熟了的，我有点不相信，哪里有这样大的蒸笼，这样大的锅呢？但切片的牛肉确是很大的大块的。牛肉这样酥软，火候是要很足。有人告诉我，得蒸（或煮？）一整夜。其次是"红烧"。"红烧"不是别的地方加了酱油闷煮的红烧牛肉，也是清汤的，不过大概牛肉曾用红釉染过，故肉呈胭脂红色。"红烧"是切成小块的。这不用牛身上的"好"肉，如胸肉腿肉，带一些"筋头巴脑"，和汤、冷片相较，别是一种滋味。还有几种牛身上的特别部位，也分开卖。却都有代用的别名，不"会"吃的人听不懂，不知道这是什么东西。如牛肚叫"领肝"；牛舌叫"撩青"。很多地方卖舌头都讳言"舌"字，因为"舌"与"蚀"同音。无锡陆稿荐卖猪舌改叫"赚头"。广东饭馆把牛舌叫"牛脷"，其实本是"牛利"，只是加了一个肉月偏旁，以示这是肉食。这都是反"蚀"之意而用之，讨个吉利。把舌头叫成"撩青"，别处没有听说过。稍想一下，是有道理的。牛吃青草，都是用舌头撩进嘴里的。这一别称很形象，但是太费解了。牛肉馆还有牛大筋卖。我有一次同一个女同学去吃马家牛肉馆，她问我："这是什么？"我实在不好回答。我在昆明吃过不少次牛大筋，只是因为它好吃，不是为了壮阳。"领肝""撩青""大筋"都是带汤的。牛肉馆不卖炒菜。上牛肉馆其实主要是来喝汤的——汤好。

昆明牛肉馆用的牛都是小黄牛，老牛、废牛是不用的。

吃一次牛肉馆是花不了多少钱的，比一般小饭馆便宜，也好吃，实惠。

马家牛肉馆常有人托一搪瓷茶盘来卖小菜，藠头、腌蒜、腌姜、糟辣椒……有七八样。两三分钱即可买一小碟，极开胃。

马家牛肉店不知还有没有？如果没有了，就太可惜了。

昆明还有牛干巴，乃将牛肉切成长条，腌制晾干。小饭馆有炒牛干巴卖。这东西据说生吃也行。马锅头上路，总要带牛干巴，用刀削成薄片，酒饭均宜。

白肉 / 梁实秋

白肉，白煮肉，白切肉，名虽不同，都是白水煮猪肉。谁不会煮？但是煮出来的硬是不一样。各地的馆子都有白切肉，各地人家也都有这样的家常菜，而巧妙各有不同。

提起北平的白切肉，首先就会想起砂锅居。砂锅居是俗名，正式的名称是"居顺和"，坐落在西四牌楼北边缸瓦市路东，紧靠着定王府的围墙。砂锅居的名字无人不知，本名很少人知道。据说所以有此名称是由于大门口设了一个灶，上面有一个大砂锅，直径四尺多，高约三尺，可以煮一整只猪。这砂锅有百余年的历史，传说从来没有换过汤！我想这是不可能的事，那样大的砂锅如何打制，如何能经久不裂，一锅汤如何能长久不换？这一定是好事者诌出来的故事。这馆子专卖猪肉和猪身上的一切，可以做出一百二十八道菜色不同的猪全席，我一听就心里有点怕，所以一直没去品尝过。到了一九二一年左右由于好奇才怂恿家君一同前去一试。大锅是有一只，我没发现那是砂锅。地方不算太脏，比我们想象的要好一些。五寸碟子盛的红白血肠、双皮、鹿尾、管廷、口条……我们都一一地尝过，白肉当然更不会放过。东西确实不错，所以生意兴隆，一到正午，一只猪卖完，迟来的客人只好向隔明日请早了。究竟是以猪为限，格调不高，中下级食客趋之若鹜，理所当然，高雅君子不可不去一尝，但很少人去了还想再去。

我母亲常对我们抱怨说北平的猪肉不好吃，有一股臊臭的气味。我起初不信，后来屡游江南，发现南北猪肉味是不同。大概是品种和饲料不同的关系。不知所谓臊臭，也许正是另一些人所谓的肉香。南方猪肉质嫩而味淡，却是真的。

北平人家里吃白肉也有季节，通常是在三伏天。猪肉煮一大锅，瘦多肥少，切成一盘盘的端上桌来。煮肉的时候如果先用绳子把大块的肉五花大绑，紧紧捆起来，煮熟之后冷却，解开绳子用利刃切片，可以切出很薄很薄的大片，肥瘦凝固而不散。肉不宜煮得过火，用筷子戳刺即可测知其熟的程度。

火候要靠经验，刀法要看功夫。要横丝切，顺丝就不对了。白肉没有咸味，要蘸酱油，要多加蒜末。川菜馆于蒜、酱油之外，另备辣椒酱。如果酱油或酱浇在白肉上，便不对味。

白肉下酒宜用高粱酿的酒。吃饭时另备一盘酸菜，一盘白肉碎末，一盘腌韭菜末，一盘芫荽末，拌在饭里，浇上白肉汤，撒上一点胡椒粉，这是标准吃法。北方人吃汤讲究纯汤，鸡汤就是鸡汤，肉汤就是肉汤，不羼别的东西。那一盘酸菜很有道理，去油腻，开胃。

带皮羊肉 / 周作人

在家乡吃羊肉都带皮，与猪肉同，阅《癸巳存稿》，卷十中有云：

> 羊皮为裘，本不应入烹调。《钓矶立谈》云，韩熙载使中原，中原人问江南何故不食剥皮羊，熙载曰，地产罗纨故也，乃通达之言。

因此知江南在五代时便已吃带皮羊肉矣。大抵南方羊皮不适于为裘，不如剃毛作毡，以皮入馔，猪皮或有不喜啖者，羊皮则颇甘脆，凡吃得羊肉者当无不食也。北京食羊有种种制法，若前门内月盛斋之酱羊肉，又为名物，唯鄙人至今尚不忘故乡之羊肉粥，终以为蒸羊最有风味耳。

羊肉粥制法，用钱十二文买羊肉一包，去包裹的鲜荷叶，放大碗内，再就粥摊买粥三文倒入，下盐，趁热食之，如用自家煨粥更佳。吾乡羊肉店只卖蒸羊，即此间所谓汤羊，如欲得生肉，须先期约定，乡俗必用萝卜红烧，并无别的吃法，云萝卜可以去膻，但店头的熟羊肉却亦并无膻味。北京有卖蒸羊者，乃是五香蒸羊肉，并非是白煮者也。

肉食者不鄙 / 汪曾祺

狮子头

狮子头是淮安菜。猪肉肥瘦各半，爱吃肥的亦可肥七瘦三，要"细切粗斩"，如石榴米大小（绞肉机绞的肉末不行），荸荠切碎，与肉末同拌，用手捋成招柑大的球，入油锅略炸，至外结薄壳，捞出，放进水锅中，加酱油、糖，慢火煮，煮至透味，收汤放入深腹大盘。

狮子头松而不散，入口即化，北方的"四喜丸子"不能与之相比。

周总理在淮安住过，会做狮子头，曾在重庆红岩八路军办事处做过一次，说："多年不做了，来来来，尝尝！"想必做得很成功，因为语气中流露出得意。

我在淮安中学读过一个学期，食堂里有一次做狮子头，一大锅油，狮子头像炸麻团似的在油里翻滚，捞出，放在碗里上笼蒸，下衬白菜。一般狮子头多是红烧，食堂所做却是白汤，我觉最能存其本味。

镇江肴蹄

镇江肴蹄，盐渍，加硝，放大盆中，以巨大石块压之，至肥瘦肉都已板实，取出，煮熟，晾去水气，切厚片，装盘。瘦肉颜色殷红，肥肉白如羊脂玉，入口不腻。

吃肴肉，要蘸镇江醋，加嫩姜丝。

乳腐肉

乳腐肉是苏州松鹤楼的名菜，制法未详。我所做乳腐肉乃以意为之。猪肋肉一块，煮至六七成熟，捞出，俟冷，切大片，每片须带肉皮，肥瘦肉，用煮肉原汤入锅，红乳腐碾烂，加冰糖、黄酒，小火焖。乳腐肉嫩如豆腐，颜色红亮，下饭最宜。汤汁可蘸银丝卷。

腌笃鲜

上海菜。鲜肉和咸肉同炖，加扁尖笋。

东坡肉

浙江杭州、四川眉山，全国到处都有东坡肉。苏东坡爱吃猪肉，见于诗文。东坡肉其实就是红烧肉，功夫全在火候。先用猛火攻，大滚几开，即加作料，用微火慢炖，汤汁略起小泡即可。东坡论煮肉法，云，须忌水，不得已时可以浓茶烈酒代之。完全不加水是不行的，会焦煳粘锅，但水不能多。要加大量黄酒。扬州炖肉，还要加一点高粱酒。加浓茶，我试过，也吃不出有什么特殊的味道。

传东坡有一首诗："无竹令人俗，无肉令人瘦，若要不俗与不瘦，除非天天笋烧肉。"未必可靠，但苏东坡有时是会写这种打油体的诗的。冬笋烧肉，是很好吃。我的大姑妈善做这道菜，我每次到姑妈家，她都做。

霉干菜烧肉

这是绍兴菜，全国各处皆有，但不似绍兴人三天两头就要吃一次，鲁迅一辈子大概都离不开霉干菜。《风波》里所写的蒸得乌黑的霉干菜很诱人，那大概是不放肉的。

黄鱼鲞烧肉

宁波人爱吃黄鱼鲞（黄鱼干）烧肉，广东人爱吃咸鱼烧肉，这都是外地人所不能理解的口味，其实这种搭配是很有道理的。近几年因为违法乱捕，黄鱼产量锐减，连新鲜黄鱼都很难吃到，更不用说黄鱼鲞了。

火腿

浙江金华火腿和云南宣威火腿风格不同。金华火腿味清，宣威火腿味重。

昆明过去火腿很多，哪一家饭铺里都能吃到火腿。昆明人爱吃肘棒的部位，横切成圆片，外裹一层薄皮，里面一圈肥肉，当中是瘦肉，叫作"金钱片腿"。正义路有一家火腿庄，专卖火腿，除了整只的、零切的火腿，还可以买到火腿脚爪，火腿油。火腿油炖豆腐很好吃。护国路原来有一家本地馆子，叫"东月楼"，有一道名菜"锅贴乌鱼"，乃以乌鱼片两片，中夹火腿一片，在平底铛上烙熟，味道之鲜美，难以形容。前年我到昆明去，向本地人问起东月楼，说是早就没有了，"锅贴乌鱼"遂成《广陵散》。

华山南路吉庆祥的火腿月饼，全国第一。一个重旧秤四两，名曰"四两砣"。吉庆祥还在，而且有了分号，所制四两砣不减当年。

腊肉

湖南人爱吃腊肉。农村人家杀了猪，大部分都腌了，挂在厨灶房梁上，烟熏成腊肉。我不怎样爱吃腊肉，有一次在长沙一家大饭店吃了一回蒸腊肉，这盘腊肉真叫好。通常的腊肉是条状，切片不成形，这盘腊肉却是切成颇大的整齐的方片，而且蒸得极烂，我没有想到腊肉能蒸得这样烂！入口香糯，真是难得。

夹沙肉·芋泥肉

夹沙肉和芋泥肉都是甜的，夹沙肉是川菜，芋泥肉是广西菜。厚膘豚肩肉，煮半熟，捞出，沥去汤，过油灼肉皮起泡，候冷，切大片，两片之间不切通，夹入豆沙，装碗笼蒸，蒸至四川人所说"粑而不烂"倒扣在盘里，上桌，是为夹沙肉。芋泥肉做法与夹沙肉相似，芋泥较豆沙尤为细腻，且有芋香，味较夹沙肉更胜一筹。

白肉火锅

白肉火锅是东北菜。其特点是肉片极薄，是把大块肉冻实了，用刨子刨出来的，故入锅一涮就熟，很嫩。白肉火锅用海蛎子（蚝）作锅底，加酸菜。

烤乳猪

烤乳猪原来各地都有，清代满汉餐席上必有这道菜，后来别处渐渐没有，只有广东一直盛行，大饭店或烧腊摊上的烤乳猪都很好。烤乳猪如果抹一点甜面酱卷薄饼吃，一定不亚于北京烤鸭。可惜广东人不大懂得吃饼，一般烤乳猪只作为冷盘。

两做鱼 / 梁实秋

常听人说北方人不善食鱼，因为北方河流少，鱼也就不多。我认识一位蒙古贵族，除了糟溜鱼片之外，从不食鱼；清蒸鲥鱼，干烧鲫鱼，他不屑一顾，他生怕骨鲠刺喉。可是亦不尽然。不久以前我请一位广东朋友吃石门鲤鱼，居然谈笑间一根大刺横鲠在喉，喝醋吞馒头都不收效，只好到医院行手术。以后他大概只能吃"滑鱼球"了。我又有一位江西同学，他最会吃鱼，一见鱼脍上桌便不停下箸，来不及剔吐鱼刺，伸出舌头往嘴边一送，便一根根鱼刺贴在嘴角上，积满一把才用手抹去。可见食鱼之巧拙，与省籍无关，不分南北。

《诗经·陈风》："岂其食鱼，必河之鲂？""岂其食鱼，必河之鲤？"河就是黄河。鲂味腴美，《本草纲目》说"鲂鱼处处有之"。汉沔固盛产，黄河里也有。鲤鱼就更不必说。跳龙门的就是鲤鱼。冯谖齐人，弹铗叹食无鱼，孟尝君就给他鱼吃，大概就是黄河鲤了。

提起黄河鲤，实在是大大有名。黄河自古时常泛滥，七次改道，为一大灾害，治黄乃成历朝大事。清代置河道总督管理其事，动员人众，斥付巨资，成为大家艳羡的肥缺。从事河工者乃穷极奢侈，饮食一道自然精益求精。于是豫菜乃能于餐馆业中独树一帜。全国各地皆有鱼产，松花江的白鱼、津沽的银鱼、近海的石首鱼、松江之鲈、长江之鲥、江淮之鮰、远洋之鲳……无不佳美，难分轩轾。黄河鲤也不过是其中之一。

豫菜以开封为中心，洛阳亦差堪颉颃。到豫菜馆吃饭，柜上先敬上一碗开口汤，汤清而味美。点菜则少不得黄河鲤。一尺多长的活鱼，欢蹦乱跳，伙计当着客人面把鱼猛掷触地，活活摔死。鱼的做法很多，我最欣赏清炸酱汁两做，一鱼两吃，十分经济。

清炸鱼说来简单，实则可以考验厨师使油的手艺。使油要懂得沸油、热油、温油的分别。有时候做一道菜，要转变油的温度。炸鱼要用猪油，炸出来色泽好，用菜油则易焦。

鱼剖为两面，取其一面，在表面上斜着纵横细切而不切断。入热油炸之，不需裹面糊，可裹芡粉，炸到微黄，鱼肉一块块地裂开，看样子就引人入胜。洒上花椒盐上桌。常见有些他处的餐馆做清炸鱼，鱼的身份是无可奈何的事，只要是活鱼就可以入选了，但是刀法太不讲究，切条切块大小不一，鱼刺亦多横断，最坏的是外面裹了厚厚一层面糊。

两做鱼另一半酱汁，比较简单，整块的鱼嫩熟之后浇上酱汁即可，唯汁宜稠而不黏，咸而不甜。要撒姜末，不需别的作料。

炝青蛤 / 梁实秋

北人不大吃带壳的软体动物，不是不吃，是不似南人之普遍嗜食。

沈括《梦溪笔谈》卷二十四："如今之北方人喜用麻油煎物，不问何物，皆用油煎。庆历中，群学士会于玉堂，使人置得生蛤蜊一篑，令饔人烹之，久且不至。客讶之，使人检视，则曰：'煎之已焦黑而尚未烂。'坐客莫不大笑。"沈括，宋时人，当时可能有过这样的一个饔人闹过这样的一个笑话。

北平山东餐馆里，有一道有名的菜"炝青蛤"。所谓青蛤，一寸来长，壳面作淡青色，平滑洁净，肉微呈黄色，在蛤类中比较最具干净相。做法简单，先在沸水中烫过，然后掰开贝壳，一个个的都仰列在盘里，洒上料酒姜末胡椒粉，即可上桌，为上好的佐酒之物。另一吃法是做"芙蓉青蛤"，所谓芙蓉就是蒸蛋羹，蒸到半熟时把剥好的青蛤肉摆在表面上，再蒸片刻即得。也有不剥蛤肉，整个青蛤带壳投在蛋里去蒸的。这种带壳蒸的办法，似嫌粗豪，但是也有人说非如此不过瘾。

青蛤在家里也可以吃，手续简单，不过在北方吃东西多按季节。春夏之交，黄鱼大头鱼上市，也就是吃蛤蜊的旺季。我记得先君在世的时候，照例要到供应水产最为丰富的东单牌楼菜市采购青蛤，一买就是满满一麻袋，足足有好几十斤，几乎一个人都提不动，运回家来供我们大嚼。先是浸蛤于水，过一昼夜而泥沙吐尽。所人说，水里若是滴上一些麻油，则泥沙吐得更快更干净。我没有试过。蛤虽味鲜，不宜多食，但是我的二姊曾有一顿吃下一百二十个青蛤的纪录。大家这样狂吃一顿，一年之内不做再吃想矣。

在台湾我没有吃到过青蛤。著名的食物"蚵仔煎"，蚵仔是台语，实即牡蛎，亦即蚝。这种东西宁波一带盛产。剥出来的肉，名为蛎黄。李时珍《本草》："南海人，食其肉，谓之蛎黄。"其实蛎黄亦不限于南海。东北人喜欢吃的白肉酸菜火锅，即往往投入一盘蛎黄，使汤味格外鲜美。此地其他贝类，如哈蟆、蚋、海瓜子，大部分都是酱油汤子里泡着，

师说…吃心妄想

咸滋滋的，失去鲜味不少。蚶子是南方普遍食物，人工培养蚶子的地方名为蚶田。清《一统志》："莆田县东七十里大海上，有蚶田四百顷。"规模好大！蚶子用开水一烫，掰开加三合油加姜末就可以吃，壳里漾着血水，故名血蚶。我看见那血水，心里不舒服，再想到上海弄堂每天清早刷马桶的人，用竹帚蚶子壳哗啦哗啦搅得震天响，看着蚶子就更不自在了。至于淡菜，一名壳菜，也是浙闽名产，晒干了之后可用以煨红烧肉，其形状很丑，像是晒干了的蝉，又有人想入非非就是像另外一种东西。总之这些贝类都不是北人所易接受的。

美国西海岸自阿拉斯加起以至南加州，海底出产一种巨大的蛤蜊，名曰geoduck，很奇怪的是当地的人却读如"古异德克"，又名之曰蛤王（king clam）。其壳并不太大，大者长不过四五寸许，但是它的肉体有一条长长的粗粗的肉伸出壳外，略有伸缩性，但不能缩进壳里，像象鼻一般，其状不雅，长可达一尺开外，两片硬壳贴在下面形同虚设。这条长鼻肉味鲜美，可以说是美国西海岸食物中的隽品。我曾为文介绍，可是国人旅游美国西部者，搜奇选胜，却很少人尝过古异德克。知音很难，知味亦不易。我初尝异味是在西雅图高叔哿、严倚云伉俪府上，这两位都精易牙之术。高先生告诉我，古异德克虽是珍品，而美国人不善处理，较高级餐馆菜单中偶然也列此一味，但是烹制出来，尽管猛加白兰地，不是韧如皮鞋底，就是味同嚼蜡。皆因西人烹调方法，不外油炸、水煮、热烤，就是缺了我们中国的"炒"。他们根本没有炒菜锅。英文中没有相当于"炒"的字，目前一般翻译都作 stir fry（一面翻腾一面煎）。高先生做古异德克是用炒的方法，先把象鼻形的那根肉割下来，其余部分丢弃，用沸水一浇，外表一层粗皱的松皮就容易脱落下来了，然后切成薄片，越薄越好。旺火，沸油，爆炒，加进葱姜盐，翻动十来下，熟了，略加玉米粉，使汁稠，趁热上桌。吃起来有广东馆子"炒响螺"的味道，美。

美国人不懂这一套。风行美国各地的"蛤羹"（clam chowder）味道不错，里面的番薯牛奶麦粉大概不少，稠乎乎的，很难发现其中有蛤。现在他们动起"蛤王"的脑筋来了，切碎古异德克制作蛤羹，并且装了罐头，想来风味不恶。

一九八六年五月七日台湾一家报纸刊出一则新闻式的广告，标题是《深海珍品鲍鱼贝——肉质鲜美好口味》。鲍鱼贝的名字起得好，即是古异德克。据说日本在一九七六年引进了鲍鱼贝，而且还生吃。在台湾好像尚未被老饕注意，也许是因为我们的美味种类已经太多了。

贝类之中体积最小者，当推江浙产的"黄泥螺"。这种东西我就从未见过。菁清说她从小就喜欢吃，清粥小菜经常少不了它。有一天她居然在台北一家店里瞥见了一瓶瓶的黄泥螺，像是他乡遇故知一般，扫数买了回来。以后再买就买不到了。据告这是海员偶然携来寄售的。黄泥螺小得像绿豆一般，黑不溜秋的，不起眼，里面的那块肉当然是小得可怜，而且咸得很。

生炒鳝鱼丝 / 梁实秋

鳝为我国特产。正写是鳝，鳝为俗字。一名曰鲔。《山海经·北山经》："姑灌之山，湖灌之水出焉，其中多鲔。"鳝鱼各地皆有生产，腹作黄色，故曰黄鳝，浅水泥塘以至稻田，到处都有。

鳝鱼的样子有些可怕，像蛇，像水蛇，遍体无鳞，而又浑身裹着一层黏液，滑溜溜的，因此有人怕吃它。我小时看厨师宰鳝鱼，印象深刻。鳝鱼是放在院中大水缸里的，鳝鱼一条条在水中直立，探头到水面吸空气，抓它很容易，手到擒来。因为它黏，所以要用抹布裹着它才能抓得牢。用一根大铁钉把鳝鱼头部仰着钉牢在砧板上，然后顺着它的肚皮用尖刀直划，取出脏腑，再取出脊骨，皮上黏液当然要用盐搓掉。血淋淋的一道杀宰手续，看得人心惊胆战。

《颜氏家训·归心》："江陵刘氏，以卖鳝羹为业，后生一子，头是鳝，以下方为人耳。"莲池大师放生文注："杭州湖墅于氏者，有邻家被盗，女送鳝鱼十尾，为母问安，蓄瓮中，忘之矣。一夕，梦黄衣尖帽者十人，长跪乞命，觉而疑之，卜诸术人，曰：'当有生求放耳。'遍索室内，则瓮有巨鳝在焉，数之正十，大惊，放之，时万历九年事也。"信有因果之说，遂作放生之论。但是美味所在，放者自放，吃者自吃。

在北方只有河南餐馆卖鳝鱼。山东馆没有这一项。食客到山东馆子点鳝鱼，是外行。河南馆做鳝鱼，我最欣赏的是生炒鳝鱼丝。鳝鱼切丝，一两寸长，猪油旺火爆炒，加进少许芫荽，加盐，不需其他任何配料。这样炒出来的鳝鱼，肉是白的，微有脆意，极可口，不失鳝鱼本味。另一做法是黄焖鳝鱼段，切成四方块，加一大把整的蒜瓣进去，加酱油，焖烂，汁要浓。这样做出来的鳝鱼是酥软的，别有风味。

淮扬馆子也善做鳝鱼，其中"炝虎尾"一色极为佳美。把鳝鱼切成四五寸长的宽条，像老虎尾巴一样，上略宽，下尖细，如果全是截自鳝鱼尾巴，则更妙。以沸汤煮熟之后即捞起，一条条的在碗内排列整齐，浇上预先备好的麻油酱油料酒的汤汁，冷却后，再洒上大量的捣碎了的蒜（不是蒜泥）。宜冷食。样子有一点吓人，但是味美。至于炒鳝糊，或加粉丝垫底名之为软兜带粉。那鳝鱼虽名为炒，却不是生炒，是煮熟之后再炒，已经十分油腻。上桌之后侍者还要手持一只又黑又脏的搪瓷碗（希望不是漱口杯），浇上一股子沸开的油，刺啦一声，油直冒泡，然后就有热心人用筷子乱搅拌一阵，还有热心人猛撒胡椒粉。那鳝鱼当中时常羼上大量笋丝茭白丝之类，有喧宾夺主之势。遇到这种场面，就不能不令人怀念生炒鳝鱼丝了。在万华吃海鲜，有一家招牌大书生炒鳝鱼丝，实际上还是熟炒。我曾问过一家北方名馆主人，为什么不试做生炒鳝丝，他说此地没有又粗又壮的巨鳝，切不出丝。也许他说得对，在市场里是很难遇到够尺寸的黄鳝。

江浙的爆鳝过桥面，令我怀想不置。爆鳝是炸过的鳝鱼条，然后用酱油焖，加相当多的糖。这种爆鳝，非常香脆，以半碟下酒，另半碟连汁倒在面上，香极了。

所说某处有所谓全鳝席，我没有见过这种场面。想来原则上和全鸭席差不多，以各种不同的方式取胜。全鸭席我是见过的——拌鸭掌、糟鸭片、烩鸭条、糟蒸鸭肝、烩鸭胰、黄焖鸭块、姜芽炒鸭片、烩鸭舌，最后是挂炉烧鸭。全鳝席当然也是类似的做法。这是噱头，知味者恐怕未必以为然，因为吃东西如配方，也要君臣佐使，搭配平衡。

瓦块鱼 / 梁实秋

严辰《忆京都词》有一首是这样的：

忆京都·陆居罗水族

鲤鱼硕大鲫鱼多，

当客击鲜随所欲。

此间俗手昧烹鲜，

令人空自美临渊。

严辰是浙江人，在鱼米之乡居然也怀念北人的烹鲜。故都虽然尝不到黄河鲤，但是北平的河南馆子治鱼还是有独到之处。厚德福的瓦块鱼便是一绝。一块块炸黄了的鱼，微微弯卷作瓦片形，故以为名。上面浇着一层稠黏而透明的糖醋汁，微洒姜末，看那形色就令人馋涎欲滴。

我曾请教过厚德福的陈掌柜，他说得轻松，好像做瓦块鱼没什么诀窍。其实不易。首先选材要精，活的鲤鱼鲢鱼都可以用，取其肉厚。但是只能用其中段最精的一部分。刀法也有考究，鱼片厚薄适度，去皮，而且尽可能避免把鱼刺切得过分碎断。裹蛋白芡粉，不可裹面糊。温油，炸黄。做糖醋汁，用上好藕粉，比芡粉好看，显着透明，要用冰糖，趁热加上一勺热油，取其光亮，浇在炸好的鱼片上，最后洒上姜末，就可以上桌了。

一盘瓦块鱼差不多快吃完，伙计就会过来，指着盘中的剩汁说："给您焙一点面吧？"顾客点点头，他就把盘子端下去，不大的工夫，一盘像是焦炒面似的东西端上来了。酥、脆，微带甜酸，味道十分别致。可是不要误会。那不是面条，面条没有那样细，也没有那样酥脆。那是番薯（即马铃薯）擦丝，然后下油锅炒成的。若不经意，还会以为真是面条呢。

因为瓦块鱼受到普遍欢迎，各地仿制者众，但是很少能达到水准。大凡烹饪之术，各地不尽相同，即以一地而论，某一餐馆专擅某一菜数，亦不容他家效颦。瓦块鱼是河南馆的拿手，而以厚德福为最著；醋熘鱼（即五柳鱼）是南宋宋五嫂五柳居的名菜，流风遗韵一直保存在杭州西湖。《光绪顺天府志》："五柳鱼，浙江西湖五柳居煮鱼最美，故传名也。今京师食馆仿为之，亦名五柳鱼。"北人仿五柳鱼，犹南人仿瓦块鱼也，不能神似。北人做五柳鱼，肉丝笋丝冬菇丝堆在鱼身上，鱼肉硬，全无五柳风味。樊樊山有一首诗"攘蠡招饮广和居即席有作"：

闲里堂堂白日过，与君对酒复高歌。

都京御气横江尽，金铁秋声出塞多。

未信鱼羹输宋嫂，漫将肉饼问曹婆。

百年掌故城南市，莫学桓伊唤奈何。

所谓"未信鱼羹输宋嫂"，是想象之词。百年老店，模仿宋五嫂的手艺，恐怕也是不过尔尔。

海参 / 梁实秋

　　海参不是什么珍贵的东西。但是干货，在烹调之前先要发开。发海参的手续不简单，需要很久时间（现在市场有现成发好的海参，从前是没有的）。所以从前家常菜里没有海参，只有餐馆里或整桌席里才得一见。

　　我一向以为外国人不吃海参，他们看见我们吃海参，一定以为我们不是嘴馋便是野蛮，连"海胡瓜"都不肯饶。其实是我孤陋寡闻，外国人也吃海参，不过他们的吃法不同。他们吃我们要刮去丢掉的海参里面那一层皮，而我们吃他们所要丢掉的海参外面带刺的厚厚一层胶质。活的海参，我在外国的水族馆里看见过，各种颜色具备，黑的、白的、棕色的、斑驳的。咕咕囔囔的，不好看。鲜的海参，没吃过。

因为海参并不太珍贵，所以在饭庄子里所谓"海参席"乃是次等的席，次于所谓"鱼翅席""燕翅席"。在海参席里，海参是主菜，通常是一大盘"趴烂海参"，名为趴烂，其实还是卜楞卜楞的居多。如果用象牙筷子去夹，还不大容易平平安安地夹到嘴边。

餐馆里的一道名菜"红烧大乌"。大乌就是黑色的体积特大的海参，又名乌参。上好的海参要有刺，又叫刺参。红烧大乌以淮扬馆子做得最好。五十年前北平西长安街一连有十几家大大小小的淮扬馆子，取名都叫什么什么"春"。我记不得是哪一家春了，所做红烧大乌特别好。每一样菜都用大小不同的瓷盖碗。这样既可保温又显得美观。红烧大乌上桌，茶房揭开碗盖，赫然两条大乌并排横卧，把盖碗挤得满满的。吃这道菜不能用筷子，要使羹匙，像吃八宝饭似的一匙匙地挑取。碗里没有配料，顶多有三五条冬笋。但是汁浆很浓，里面还羼有虾子。这道菜的妙处，不在味道，而是在对我们触觉的满足。我们品尝美味有时兼顾到触觉。红烧大乌吃在嘴里，有滑软细腻的感觉，不是一味的烂，而是烂中保有一点酥脆的味道。这道菜如果火候不到，则海参的韧性未除，隐隐然和齿牙作对，便非上乘了。我离开北平之后还没尝过标准的海参。

　　凉拌海参又是一种吃法。夏天谁都想吃一点凉的东西，酒席上四个冷荤，其实不冷，不如把四个冷荤免除，换上一大盘凉拌海参。海参煮过冷却，切成长长的细丝，越细越好，放进冰箱待用。另外预备一小碗三和油（即酱油醋麻油），一小碗稀释了的芝麻酱，一小碟蒜泥，上桌时把这配料浇在海参上拌匀，既凉且香，非常爽口，比里脊丝拉皮好吃多了。这是我先君传授给我的吃法，屡试皆受欢迎。

干贝 / 梁实秋

干贝应作乾贝，正式名称是江珧柱，亦作江瑶柱。瑶亦作鳐。一般简写都作干贝了。

干贝是贝属，也就是蚌的一类。软体动物有两片贝壳，薄而大。司贝壳启闭的肉柱二，一在壳之中央，比较粗大，在前方者较小。这肉柱取下晒干便是干贝。

新鲜的江瑶柱，我在大陆上没有吃过。在美国东西海岸的海鲜店里，炸江瑶柱是普通的食品之一。美国人吃法简单，许是只会油炸。油炸江瑶柱，块头相当大，裹以面糊，炸得焦焦黄黄的，也很可口。嫩嫩的，不似我们的干贝之愈咀嚼愈有味。

　　江瑶柱产在何处，我不知道。陆游《老学庵笔记》："明州江瑶柱有二种，大者江瑶，小者沙瑶，可种，逾年则成江瑶矣。"明州在今之浙江省。是不是浙江乃产江瑶柱的地方之一？

　　苏东坡《四月十一日初食荔枝》诗："似闻江鳐斫玉柱，更喜河豚烹腹腴。"有注："予尝谓，荔枝厚味高格两绝，果中无比，惟江瑶柱河豚鱼近之耳。"看这位老饕，"吃一看二眼观三"，有荔枝吃，还想到江瑶柱与河豚鱼！他所说的似是新鲜的江瑶柱，不是干贝。

　　干贝的吃法很多。因是干货，须先发开。用水发不如用黄酒发。最好头一天发，可以发得透。大的干贝好看，但不一定比小的好吃。小的干贝往往味醇而浓。普通的吃法如"干贝萝卜球"，削萝卜球太费事，自己家里做，切条就可以了。"干贝烧菜心"，是分别把菜心和干贝烧好，然后和在一起加热勾芡。"芙蓉干贝"是蒸好一碗蛋羹然后把干贝放在上面再蒸，不过发干贝的汤不拘是水是酒要打在蛋里。以上三种吃法，都要把干贝撕碎。其实整个的干贝，如果烧得透，岂不更好？只是多破费一些罢了。我母亲做干贝，捡其大小适度而匀称者，垫以火腿片、冬笋片，及二寸来长的大干虾米若干个，装在一大碗里，注入上好绍兴酒，上笼屉蒸二小时。其味之美无可形容。

鲍鱼 / 梁实秋

鲍鱼的原意是臭腌鱼。《史记·秦始皇本纪》："会暑，上辊车臭，乃诏从官，令车载一石鲍鱼，以乱其臭。"就是以鲍鱼掩盖尸臭的意思。我现在所要谈的不是这个鲍鱼。

鲍鱼是石决明的俗称，亦称为鳆鱼。鳆实非鱼，乃有介壳之软体动物，常吸着于海水中的礁石之上，赖食藻类为生。壳之外缘有呼吸孔若干列成一排。我们此地所谓"九孔"就是鲍鱼一类。

从前人所谓"如入鲍鱼之肆"，形容其臭不可闻，今则提起鲍鱼无不赏其味美。新鲜的九孔，海鲜店到处有售，其味之鲜美在蚌类之中独树一帜。但是比起晒干了的广东之紫鲍，以及装了罐头的熟鲍鱼，尚不能同日而语。新鲜鲍鱼嫩而香，制炼过的鲍鱼味较厚而醇。

广东烹调一向以红烧鱼翅及红烧鲍脯为号召，确有其独到之处。紫鲍块头很大，厚而结实，拿在手里沉甸甸的。烹制之后，虽然仍有韧性，但滋味非凡，比吃熊掌要好得多。我认识一位广东侨生，带有一些紫鲍，他患癌不治，临终以其所藏剩余之鲍鱼见贻，我睹物伤逝，不忍食之，弃置冰箱经年，终于清理旧物，不得已而试烹制之。也许是发得不好，也许是火候不对，结果是勉强下咽，糟蹋了东西。可见烹饪一道非利巴所能为。

罐头的鲍鱼，以我所知有日本的和墨西哥的两种，各有千秋。日本的鲍鱼个子小些，颜色淡些，一罐可能有三五个还不止。质地较为细嫩。墨西哥的罐头在美国畅销，品质不齐，有人在标笺上可以看出货色的高低，想来是有人粗制滥造冒用名牌。

罐头鲍鱼是熟的，切成薄片是一道上好的冷荤，若是配上罐头龙须菜，便是绝妙的一道双拼。有人好喜欢吃鲍鱼，能迫不及待地打开罐头就用叉子取出一块举着啃，像吃玉米棒子似的一口一口地啃！

鲍鱼切成细丝，加芫荽菜梗，入锅爆炒，是下酒的一道好菜。

鲍鱼切成丁，比骰子稍大一点的丁，加虾子烩成羹，下酒送饭兼宜。

但是我吃鲍鱼最得意的是一碗鲍鱼面。有一年冬天我游沈阳，下榻友人家。我有凌晨即起的习惯，见其厨师老王伏枕呻吟不胜其苦，问其故，知是胃痛，我乃投以随身携带的苏打片，痛立止。老王感激涕零，无以为报，立刻翻身而起，给我煮了一大碗面做早点，仓促间找不到做面的浇头，在主人柜橱里摸索出一罐主人舍不得吃的鲍鱼，不由分说打开罐头把一整罐鲍鱼切成细丝，连原汁一起倒进锅里，煮出上尖的一大碗鲍鱼面。这是我一生没有过的豪举，用两片苏打换来一罐鲍鱼煮一碗面！主人起来，只闻到异香满室，后来廉得其情，也只好徒呼负负。

鱼丸 / 梁实秋

初到台湾，见推车小贩卖鱼丸，现煮现卖，热腾腾的。一碗两颗，相当大。一口咬下去，不大对劲，相当结实。丸与汤的颜色是混浊的，微呈灰色，但是滋味不错。

我母亲是杭州人，善做南方口味的菜，但不肯轻易下厨，若是偶然操动刀俎，也是在里面小跨院露天升起小火炉自设锅灶。每逢我父亲一时高兴从东单菜市买来一条欢蹦乱跳的活鱼，必定亲手交给母亲，说："特烦处理一下。"就好像是绅商特烦名角上演似的。母亲一看是条一尺开外的大活鱼，眉头一皱，只好勉为其难，因为杀鱼不是一件愉快的事。母亲说，这鱼太活了，宜于做鱼丸。但是不忍心下手宰它。我二姊说："我来杀。"从屋里拿出一根门闩，鱼在石几上躺着，一杠子打下去未中要害，鱼是滑的，打了一个挺，跃起一丈多高，落在房檐上了。于是大家笑成一团，搬梯子，上房，捉到鱼便从房上直摔下来，摔了个半死，这才从容开膛清洗。幼时这一幕闹剧印象太深，一提起鱼丸就回忆起来。

做鱼丸的鱼必须是活鱼，选肉厚而刺少的鱼。像花鲢就很好，我母亲叫它作厚鱼，又叫它作纹鱼，不知这是不是方言。剖鱼为两片，先取一片钉其头部于木墩之上，用刀徐徐斜着刃刮其肉，肉乃成泥状，不时地从刀刃上抹下来置碗中。两片都刮完，差不多有一碗鱼肉泥。加少许盐，少许水，挤姜汁于其中，用几根竹筷打，打得越久越好，打成糊状。不需要加蛋白，鱼不活才加蛋白。下一步骤是煮一锅开水，移锅止沸，急速用羹匙舀鱼泥，用手一抹，入水成丸，丸不会成圆球形，因为无法搓得圆。连成数丸，移锅使沸，俟鱼丸变色即是八九分熟，捞出置碗内。再继续制作。手法要快，沸水要控制得宜，否则鱼泥有入水涣散不可收拾之虞。煮鱼丸的汤本身即很鲜美，不需高汤。将做好的鱼丸倾入汤内煮沸，洒上一些葱花或嫩豆苗，即可盛在大碗内上桌。当然鱼丸也可红烧，究不如清汤本色，这样做出的鱼丸嫩得像豆腐。

湖北是鱼产丰饶的地方。抗战时我在汉口停留过一阵，听说有个鮰鱼大王，能做鮰鱼全席，我不曾见识。不过他家的鮰鱼面吃过一碗，确属不凡。十几年前，友人高鸿缙先生，他是湖北人，以其夫人亲制鱼丸见贻，连鱼丸带汤带锅，滚烫滚烫的，喷香喷香的，我连吃了三天，齿颊留芬。如今高先生早已作古，空余旧事萦绕心头！

吃蟹 / 周作人

　　现在并不是吃蟹的时候，这题目实在乃是看了勤孟先生的文章而引起的。我虽不是蟹迷，但蟹也是要吃的，别无什么好的吃法，只是白煮剥了壳蘸姜醋吃而已，不用自己剥的蟹羹便有点没甚意思，若是面拖蟹我更为反对，虽然小时候在戏文台下也买了点面拖油炸的小蟹吃过。我反对面拖蟹，因为其吃法无聊，却并非由于蟹的腰斩之惨，因蟹虾类我们没法子杀它，只好囫囵地蒸煮，这也是一种非刑，却无从改良起。大臣腰斩血书惨字的故事我也听见过，又听说有残酷的草头王喜欢把上半身立即放在拭光的漆桌上，创口吸着，可以活上半天云。这些故事用以形容古时封建君主的凶残是可以的，若是照道理讲来大概不是事实。

腰斩是杀蟹的唯一方法，此外只有活煮了，别的贝类还可以投入沸汤，一下子就死，蟹则要只只脚立时掉下的，所以也不适用。世人因此造出一种解释，以为蟹虾螺蛤类是极恶人所转生，故受此报，有人更指定蟹是犯的大逆罪，因为小蟹要吃母蟹的。这话自然不能相信，我们吃蟹时尚且需铁槌木砧，小蟹的钳力量几何，乃能夹开硬壳而吃老蟹之肉乎？

假如要吃蟹，实在没有别的办法，面拖蟹则大可不必吃，这是我个人的意思。

吃蟹（二）/ 周作人

螃蟹是不是资产阶级的食物，这回答很不大容易。像正阳楼所揭示的胜芳大蟹，的确只有官绅巨贾才吃得起，以前的教书匠们也只能集资聚餐，偶尔去一次而已。可是光绪年间在南京读书的时候，曾经同叔父用了两角小洋买蟹，两个人勉力把蟹炖吃了，剩了半锅的肥大的蟹脚没有办法。现在说来虽然已是古话，这可见又是并不贵了。吃蟹本是鲜的好，但那醉的腌的也别有味道，很是不坏。醉蟹在都市上虽有出售，乡间只有家里自制，所以比较不易得到，腌蟹则到时候满街满店，有俯拾即是之概，说是某一季的民众副食物也不为过。

腌蟹通称淮蟹，译音如此，不知道是哪里来的，形状仍是普通的湖蟹，好的其味不亚于醉蟹，只是没有酒气。俗语云，"九月团脐十月尖"，这说明那时是团脐蟹的黄或尖脐的膏最好吃，实际上也是这顶好吃，别的肉在其次。腌蟹的这两部分也是美味，而且据我看还可以说超过鲜蟹，这可以下饭，但过酒更好，不知道喝老酒的朋友有没有赞成这话的。腌蟹的缺点是那相貌不好，俨然是一只死蟹，就是拆作一胈一胈的，也还是那灰青的颜色。从前有人说过，最初吃蟹的人胆量可佩服，若是吃腌蟹的，岂不更在其上了么？

鱼我所欲也 / 汪曾祺

石斑

我第一次吃石斑鱼是一九四七年，在越南海防一家华侨开的饭馆里。那吃法很别致。一条很大的石斑，红烧，同时上一大盘生的薄荷叶。我仿照邻座人的办法，吃一口石斑鱼，嚼几片薄荷叶。这薄荷可把口中残余的鱼味去掉，再吃第二口，则鱼味常新。这种吃法，国内似没有。越南人爱吃薄荷，华侨饭馆这样的搭配，盖受越南人之影响。

石斑鱼有红斑，青斑——即灰鼠斑。灰鼠斑尤为名贵，清蒸最好。

鳜鱼

可以和石斑相媲美的淡水鱼，其谓鳜鱼乎？张志和《渔父》词："西塞山前白鹭飞，桃花流水鳜鱼肥。"一经品题，身价十倍。我的家乡是水乡，产鱼，而以"鳊、白、鲑"为三大鱼名："鲑"是鳜花鱼，即鳜鱼。徐文长以为"鲑"字应作"罽"。"罽"是古代的花毯。鳜花鱼身上有黄黑的斑点，似"罽"。但"罽"字今人多不识，如果饭馆的菜单上出现这个字，顾客将不知道这是什么东西。鳜鱼肉细，是蒜瓣肉，刺少，清蒸、氽汤、红烧、糖醋皆宜。苏南饭馆做"松鼠鳜鱼"，甚佳。

一九三八年，我在淮安吃过干炸鳜花鱼。活鳜鱼，重三斤，加花刀，在大油锅中炸熟，外皮酥脆，鱼肉白嫩，蘸花椒盐吃，极妙。和我一同吃的有小叔父汪兰生、表弟董受申。汪兰生、董受申都去世多年了。

鲥鱼·刀鱼·鮰鱼

这都是江鱼。

鲥鱼现在卖到两百多块钱一斤，成了走后门送礼的东西，"吃的人不买，买的人不吃"。

刀鱼极鲜、肉极细，但多刺。金圣叹尝以为刀鱼刺多是人生恨事之一。不会吃刀鱼的人是很容易卡到嗓子的。镇江人以刀鱼煮至稀烂，用纱布滤去细刺，以做汤，下面，即谓"刀鱼面"，很美。

我在江阴读南菁中学时，常常吃到鮰鱼，学校食堂里常做这东西。在江阴是很便宜的。鮰鱼本名鮠鱼，但今人只叫它鮰鱼。鮰鱼大概也能红烧，但我在中学时吃的鮰鱼都是白烧。后来在汉口的璇宫饭店吃的，也是白烧。鮰鱼肉厚，切块放在碗里，没有吃过的人会以为这是鸡块。鮰鱼几乎无刺，大块入口，吃起来很过瘾，宜于馋而懒的人。或说鮰鱼是吃死人的。江里哪有那么多的死人？！鮰鱼吃鱼，是确实的。凡吃鱼的鱼都好吃，鳜鱼也是吃鱼的。养鱼的池塘里是不能有鳜鱼的，见鳜鱼，即捕去。

黄河鲤鱼

我不爱吃鲤鱼，因为肉粗，且有土腥气，但黄河鲤鱼除外。在河南开封吃过黄河鲤鱼，后来在山东水泊梁山下吃过黄河鲤鱼，名不虚传。辨黄河鲤与非黄河鲤，只须看鲤鱼剖开后内膜是白的还是黑的。白色者是真黄河鲤，黑色者是假货。梁山一带人对鲤鱼很重视，酒席上必须有鲤鱼，"无鱼不成席"。婚宴尤不可少。梁山一带人对即将结婚的青年男女，不说是"等着吃你的喜酒"，而说"等着吃你的鱼！"鲤鱼要吃三斤左右的，价也最贵。《水浒传·吴学究说三阮撞筹》中吴用说他"在一个大财主家做门馆教学，今来要对付十数尾金色鲤鱼，要重十四五斤的"。鲤鱼大到十四五斤，不好吃了，写《水浒》的施耐庵、罗贯中对吃鲤鱼外行。

虎头鲨和昂嗤鱼

虎头鲨和昂嗤鱼原来都是贱鱼，在我的家乡是上不得席的，现在都变得名贵了。

苏州人特重塘鳢鱼，谈起来眉飞色舞。我到苏州一看：嘻，原来就是我们那里的虎头鲨。虎头鲨头大而硬，鳞色微紫，有小黑斑，样子很凶恶，而肉极嫩。我们家乡一般用来氽汤，汤里加醋。昂嗤鱼阔嘴有须，背黄腹白，无背鳍，背上有一根硬骨，捏住硬骨，它会"昂嗤昂嗤"地叫。过去也是氽汤、不放醋，汤白如牛乳。近年家乡兴起炒昂嗤鱼片，谓之"炒金银片"，亦佳。

鳝鱼

淮安人能做全鳝席，一桌子菜，全是鳝鱼。除了烤鳝背、炝虎尾等名堂，主要的做法一是炒，二是烧。鳝鱼烫熟切丝再炒，叫作"软兜"；生炒叫炒脆鳝。红烧鳝段叫"火烧马鞍桥"，更粗的鳝段叫"闷张飞"。制鳝鱼都要下大量姜蒜，上桌后撒胡椒，不厌其多。

铁锅蛋 / 梁实秋

北平前门外大栅栏中间路北有一个窄窄的小胡同，走进去不远就走到底，迎面是一家军衣庄，靠右手一座小门儿，上面高悬一面扎着红绸的黑底金字招牌"厚德福饭庄"。看起来真是不起眼，局促在一个小巷底，没去过的人还是不易找到。找到了之后看那里面黑咕隆咚的，还是有些不敢进去。里面楼上楼下各有两三个雅座，另外三五个散座，那座楼梯又陡又窄，险巇难攀。可是客人一踏进二门，柜台后门的账房苑先生就会扯着大嗓门儿高呼："看座儿！"他的嗓门儿之大是有名的，常有客人一进门就先开口："您别喊，我带着孩子呢，小孩儿害怕。"

　　厚德福饭庄地方虽然逼仄，名气却不小，是当时唯一老牌的河南馆子。本是烟馆，所以一直保存那些短炕，附带着卖些点心之类，后来实行烟禁，就改为饭馆了。掌柜的陈莲堂是开封人，很有一把手艺，能制道地的河南菜。时值袁世凯当国，河南人士弹冠相庆之下，厚德福的声誉因之鹊起。嗣后生意日盛，但是风水关系，老址绝不迁移，而且不换装修，一副古老简陋的样子数十年不变。为了扩充营业，先后在北平的城南游艺园、沈阳、长春、黑龙江、西安、青岛、上海、香港、重庆、北碚等处开设分号。陈掌柜手下高徒，一个个地派赴各地分号掌勺。这是厚德福的简史。

　　厚德福的拿手菜颇有几样，我谈谈铁锅蛋。

　　吃鸡蛋的方法很多，炒鸡蛋最简单。常听人谦虚地说："我不会做菜，只会炒鸡蛋。"说这句话的人一定不会把一盘鸡蛋炒得像个样子。摊鸡蛋是把打过的蛋煎成一块圆形的饼，"烙饼卷摊鸡蛋"是北方乡下人的美食。蒸蛋羹花样繁多，可以在表面上敷一层干贝丝、虾仁、蛤蜊肉……至不济撒上一把肉松也成。厚德福的铁锅蛋是烧烤的，所以别致。当然先要置备黑铁锅一个，口大底小而相当高，铁要相当厚实。在打好的蛋里加上油盐作料，羼一些肉末绿豌豆也可以，不可太多，然后倒在锅里放在火上连烧带烤，烤到蛋涨到锅口，作焦黄色，就可以上桌了。这道菜的妙处在于铁锅保温，上了桌还有吱吱响的滚沸声，这道理同于所谓的"铁板烧"。而保温之久尤过之。我的朋友李清悚先生对我说，他们南京人所谓"涨蛋"也是同样的好吃。我到他府上尝试过，确是不错，蛋涨得高高的起蜂窝，切成菱形块上桌，其缺憾是不能保温，稍一冷却蛋就缩塌变硬了。还是要让铁锅蛋独擅胜场。

赵太侔先生在厚德福座中一时兴起，点了铁锅蛋，从怀中掏出一元钱，令伙计出去买干奶酪（cheese），嘱咐切成碎丁羼在蛋里，要美国奶酪，不要瑞士的，因为美国的比较味淡，容易被大家接受。做出来果然气味喷香，不同凡响，从此悬为定例，每吃铁锅蛋必加奶酪。

现在我们有新式的电炉烤箱，不一定用铁锅，禁烧烤的玻璃盆（casserole）照样的可以做这道菜，不过少了铁锅那种原始粗犷的风味。

韭菜篓 / 梁实秋

韭菜是蔬菜中最贱者之一，一年四季到处有之，有一股强烈浓浊的味道，所以恶之者谓之臭，喜之者谓之香。道家列入五荤一类，与葱蒜同科。但是事实上喜欢吃韭菜的人多，而且雅俗共赏。

有一年我在青岛寓所后山坡闲步，看见一伙石匠在凿石头打地基，将近歇晌的时候，有人担了两大笼屉的韭菜馅发面饺子来，揭开笼屉盖热气腾腾，每人伸手拿起一只就咬，一阵风吹来一股韭菜味，香极了。我不由得停步，看他们狼吞虎咽，大约每个人吃两只就够了，因为每只长约半尺。随后又担来两桶开水，大家就用瓢舀着吃。像是《水浒传》中人一般的豪爽。我从未见过像这一群山东大汉之吃得那样的淋漓尽致。

我们这里街头巷尾也常有人制卖韭菜盒子，大概都是山东老乡。所谓韭菜盒子是油煎的，其实标准的韭菜盒子是干烙的，不是油煎的。不过油煎得黄澄澄的也很好，可是通常馅子不大考究，粗老的韭菜叶子没有细切，而且羼进粉丝或是豆腐渣什么的，味精少不了。中山北路有一家北方馆（天兴楼？）卖过一阵子比较像样的韭菜盒子，干烙无油，可是不久就关张了。天厨点心部的韭菜盒子是出名的，小小圆圆，而不是一般半月形，做法精细，材料考究，也是油煎的。

以上所说都是以韭菜馅为标榜的点心。现在要说东兴楼的韭菜篓。事实上是韭菜包子，而名曰篓，当然有其特点。面发得好，洁白无疵，没有斑点油皮，而且捏法特佳，细褶匀称，捏合处没有面疙瘩，最特别的是蒸出来盛在盘里一个个的高壮耸立，不像一般软趴趴的扁包子，底直径一寸许，高几达二寸，像是竹篓似的骨立挺拔。看上去就很美观，我疑心是利用筒状的模型。馅子也讲究，粗大的韭菜叶一概舍去，专选细嫩部分细切，然后拌上切碎了的生板油丁。蒸好之后，脂油半融半呈晶莹的碎渣，使得韭菜变得软润合度。像这样的韭菜篓端上一盘，你纵然已有饱意，也不能不取食一两个。

普通人家都会做韭菜篓，只是韭菜馅包子而已，真正够标准的韭菜篓，要让东兴楼独步。

龙须菜 / 梁实秋

　　我小时候没吃过龙须菜，稍长吃过外国罐头装的龙须菜，遂以为龙须菜全是舶来品。但是《本草纲目》明明地记载着："龙须菜，生东南海边石上。丛生无枝，叶状如柳根须，长者尺余，白色，以醋浸食之，和肉蒸食亦佳。"现在则龙须菜几乎到处皆有，粗长茎白者，嫩绿细芽者，无不具备，好像不仅在东南海滨始有生产。

　　最早吃到龙须菜是在西餐中，后来在中餐的席面上也看到龙须菜配鲍鱼片，算是一道相当出色的冷盘双拼。都是罐头货。

在上海初次尝到火腿丝炒新鲜龙须菜，嫩嫩的细细的绿绿的龙须菜配上红红的火腿丝，色彩鲜明，其味奇佳。这种新鲜的嫩绿龙须，和罐头龙须不同，不但颜色不同，味亦不同，而且稍加剔除就没有嚼不动的纤维。

罐头龙须至少有三分之一的部分纤维太多，但是罐头龙须有一特殊吃法，甚为佳妙。北平的东兴楼、致美斋都有"糟鸭泥烩龙须"一道名菜。糟鸭片是很好的冷荤一道，糟鸭之头头脑脑的零碎肉正好加以利用，切碎之后再细剁成泥，用以烩切成段的龙须菜，两种美味的混合乃成异味。

蒸菜 / 汪曾祺

昆明尚食蒸菜。正义路原来有一家。蒸鸡、蒸骨、蒸肉，都放在直径不到半尺的小蒸笼中蒸熟。小笼层层相叠，几十笼为一摞，一口大蒸锅上蒸着好几摞。蒸菜都酥烂，蒸鸡连骨头都能嚼碎。蒸菜有衬底。别处蒸菜衬底多为红薯、洋芋、白萝卜，昆明蒸菜的衬底却是皂角仁。皂角仁我是认识的。我们那里的少女绣花，常用小瓷碟蒸十数个皂角仁，用来"光"绒，取其滑润，并增光泽。我没有想到这东西能吃，且好吃。样子也好看，莹洁如玉。这么多的蒸菜，得用多少皂角仁，得多少皂角才能剥出这样多的仁呢？玉溪街里有一家也卖蒸菜。这家所卖蒸菜中有一色 ràng 小瓜：小南瓜，挖出瓤，塞入肉蒸熟，很别致。很多地方都有 ràng 菜，ràng 冬瓜，ràng 茄子，都是塞肉蒸熟的菜。ràng 不知道怎么写，一般字典查不到这个字。或写成"酿"，则音义都不对。我们到北京后曾做过 ràng 小瓜，终不似玉溪街的味道。大概这家因为是和许多其他蒸菜摆在一起蒸的，鸡、骨、肉的蒸气透入蒸小瓜的笼，故小瓜里的肉有瓜香，而包肉的瓜则带鲜味。单 ràng 一瓜，不能腴美。

炒鸡蛋 /汪曾祺

炒鸡蛋天下皆有。昆明的炒鸡蛋特泡。一颠翻面，两颠出锅，动锅不动铲。趁热上桌，鲜亮喷香，逗人食欲。

番茄炒鸡蛋，番茄炒至断生，仍有清香，不疲软，鸡蛋成大块，不发死。番茄与鸡蛋相杂，颜色仍分明，不像北方的西红柿炒鸡蛋，炒得"一塌糊涂"。

映时春有雪花蛋，乃以鸡蛋清、温熟猪油于小火上，不住地搅拌，猪油与蛋清相入，油蛋交融。嫩如鱼脑，洁白而有亮光。入口即已到喉，齿舌都来不及辨别是何滋味，真是一绝。另有桂花蛋，则以蛋黄以同法制成。雪花蛋、桂花蛋上都洒了一层瘦火腿末，但不宜多，多则掩盖鸡蛋香味。鸡蛋这样的做法，他处未见。我在北京曾用此法做一盘菜待客，吹牛说"这是昆明做法"。客人尝后，连说"不错！不错！"且到处宣传。其实我做出的既不是雪花蛋，也不是桂花蛋，简直有点像山东的"假螃蟹"了！

萝卜与白薯 / 周作人

　　中国人吃的菜蔬的种类，在世界上大概可以算是最多的了，历史长固然是一个原因，但古人所吃的有许多东西，如蘋藻薇蕨，现今小菜场上都已不见，而古无今有的另外添进去了不少，大抵重要的原因还是在于中国的烹调法的特殊，各式的植物茎叶他都可以煮了放在碗里，用筷子夹了吃，这用在西洋料理上往往是没办法办的。这些菜蔬中间，我觉得顶有意思的是萝卜与白薯。这两样东西都是大块头，不但是吃起来便利，而且也实在有用场。明人王象晋称萝卜可生可熟，可菹可齑，可酱可豉，可醋可糖，可腊，乃蔬之最有益者。

徐玄扈说甘薯有十二胜，话太长了，简约起来可以说是易种，多收，味甘，生熟可食，可干藏，可酿酒。具体地说，我最爱的和尚吃的那种大块萝卜炖豆腐，其次是乡间戏台下的萝卜丝饼以及南京腌萝卜鲞，至于白薯，自然煮的烤的都好，但是我记得那玉米面糊里加红番薯，那是台州老百姓通年吃了借以活命的东西，小时候跟了台州的女佣人吃过多少回，觉得至今不能忘却。希望将来人人可以吃到猪排牛排和白面包，自然是很好，我们要去努力，可是在这时候能吃苦也极重要，我想假使天天能够吃饱玉米面和白薯，加上萝卜鲞几片，已经很可满足，而一天里所要做的事只是看看书，把思想搞通点，写篇小文章，反省一下，觉得真如东坡在临皋亭所说，惭愧惭愧。

瓠子汤 / 周作人

夏天吃饭有一碗瓠子汤，倒是很素净而也鲜美可口的。在我们乡下这是本末如一的长条的瓜，俗语叫作蒲子，谚语有云，冬瓜咬不着来咬蒲子，这是说迁怒，也含有欺善怕恶的意思。有一种圆形的，即是所谓瓠瓜，肉也可以吃，老了锯开取壳做瓢用，北方很多，在乡下却不曾见过。还有葫芦，即是铁拐李等人所拿的，叫作活卢蒲，嫩时可吃，与蒲子差不多，仿佛还要好一点。这在仙人手里常发毫光（也就只在图画上看见是那么样），大抵因为里边盛着仙丹之类的缘故，若是凡人有如看守草料场的老军却只用以装酒，山乡的人买

麻油酱油多用长竹筒，想来即是同一道理，因为它不容易洒
出来罢了。我吃过的活卢蒲也只是放汤，虽然据说还有别的
吃法，如旧书所记，唐郑馀庆召客会食，令左右告诉厨子，
烂蒸去毛，莫拗折项，诸人相顾以为蒸鹅鸭之类，良久就餐，
每人前下蒸葫芦一枚。葫芦与瓠子的汤都是很简单的，只是
去皮切片，同笋干等物煮了加酱油而已，虽然瓠子也有红烧的，
却似乎清味要稍减了。每年在夏至那天照例要吃蒲丝饼，用
瓠子切丝煮熟，加面粉白糖和匀，入油中煎之，每片约如手
掌大，是祭祖供品之一。小时候很喜欢吃，同中元的南瓜饼
一样，可是蒲丝的味道也吃不出，只是一种油炸的甜食罢了。

一饭一世界

粥 / 梁实秋

我不爱吃粥。小时候一生病就被迫喝粥。因此非常怕生病。平素早点总是烧饼、油条、馒头、包子，非干物生噎不饱。抗战时在外作客，偶寓友人家，早餐是一锅稀饭，四色小菜大家分享。一小块酱豆腐在碟子中央孤立，一小撮花生米疏疏落落地洒在盘子中，一根油条斩作许多碎块堆在碟中成一小丘，一个完整的皮蛋在酱油碟里晃来晃去。不能说是不丰盛了，但是干噎惯了的人就觉得委屈，如果不算是虐待。

也有例外。我母亲若是亲自熬一小薄铫儿的粥，分半碗给我吃，我甘之如饴。薄铫（音吊）儿即是有柄有盖的小砂锅，最多能煮两小碗粥，在小白炉子的火口边上煮。不用剩饭煮，用生米淘净慢煨。水一次加足，不半途添水。始终不加搅和，任它翻滚。这样煮出来的粥，黏糊，烂，而颗颗米粒是完整的，香。再佐以笋尖火腿糟豆腐之类，其味甚佳。

一说起粥，就不免想起从前北方的粥厂，那是慈善机关或好心人士施舍救济的地方。每逢冬天就有不少鹑衣百结的人排队领粥。"饘粥不继"就是形容连粥都没得喝的人。"饘"是稠粥，粥指稀粥。喝粥暂时装满肚皮，不能经久。喝粥聊胜于喝西北风。

不过我们也必须承认，某些粥还是蛮好喝的。北方人家熬粥熟，有时加上大把的白菜心，俟菜烂再洒上一些盐和麻油，别有风味。名为"菜粥"。若是粥煮好后取嫩荷叶洗净铺在粥上，粥变成淡淡的绿色，有一股荷叶的清香渗入粥内，是为"荷叶粥"。从前北平有所谓粥铺，清晨卖"甜浆粥"，是用一种碎米熬成的稀米汤，有一种奇特的风味，佐以特制的螺丝转儿炸麻花儿，是很别致的平民化早点，但是不知何故被淘汰了。还有所谓大麦粥，是沿街叫卖的平民食物，有异香，也不见了。

台湾宵夜所谓"清粥小菜"，粥里经常羼有红薯，味亦不恶。小菜真正是小盘小碗，荤素俱备。白日正餐大鱼大肉，宵夜啜粥甚宜。

腊八粥是粥类中的综艺节目。北平雍和宫煮腊八粥，据《旧京风俗志》，是由内务府主办，惊师动众，这一顿粥要耗十万两银子！煮好先恭呈御用，然后分别赏赐王公大臣，这不是喝粥，这是招摇。然而煮腊八粥的风俗深入民间至今弗辍。我小时候喝腊八粥是一件大事。午夜才过，我的二舅爹爹（我父亲的二舅父）就开始作业，搬出擦得锃光大亮的大小铜锅两个，大的高一尺开外，口径约一尺。然后把预先分别泡过的五谷杂粮如小米、红豆、老鸡头、薏仁米，以及粥果如白果、栗子、胡桃、红枣、桂圆肉之类，开始熬煮，不住地用长柄大勺搅动，防粘锅底。两锅内容不太一样，大的粗糙些，小的细致些，以粥果多少为别。此外尚有额外精致粥果另装一盘，如瓜子仁、杏仁、葡萄干、红丝青丝、松子、蜜饯之类，准备临时放在粥面上的。等到腊八早晨，每人一大碗，尽量加红糖，稀里呼噜地喝个尽兴。家家熬粥，家家送粥给亲友，东一碗来，西一碗去，真是多此一举。剩下的粥，倒在大绿釉瓦盆里，自然凝冻，留到年底也不会坏。自从丧乱，年年过腊八，年年有粥喝，兴致未减，材料难求，因陋就简，虚应故事而已。

酪 / 梁实秋

酪就是凝冻的牛奶，北平有名的食物，我在别处还没有见过。到夏天的下午，卖酪的小贩挑着两个木桶就出现了，桶上盖着一块蓝布，在大街小巷里穿行，他的叫卖声是："咿——哟，酪——啊！"咿哟不知何解。住家的公子哥儿们把卖酪的喊进了门洞儿，坐在长条的懒凳上，不慌不忙地喝酪。木桶里中间放一块冰，四周围全是一碗碗的酪，每碗上架一块木板，几十碗酪可以叠架起来。卖酪的顺手递给你一把小勺，名为勺，实际上是略具匙形的一片马口铁。你用这飞薄的小勺慢慢地取食，又香又甜又凉，一碗不够再来一碗。

卖酪的为推销起见特备一个签筒，你付钱抽签，抽中了上好的签可以白喝若干碗。通常总是卖酪的净赚，可是有一回我亲眼看见一位大宅门儿的公子哥儿，不知为什么手气那样好，一连几签把整个一挑子的酪都赢走了，登时喊叫家里的厨子车夫打杂儿的都到门洞儿里来喝免费的酪，只见那卖酪的咧着嘴大哭。

酪有酪铺。我家附近，东四牌楼根儿底下就有一家。最有名的一家是在前门外框儿胡同北头儿路西，我记不得他的字号了。掀门帘进去，里面没有什么设备，一边靠墙几个大木桶，一边几个座儿。他家的酪，牛奶醇而新鲜，所以味道与众不同，大碗带果的尤佳，酪里面有瓜子仁儿，于喝咽之外有点东西咀嚼，别有风味。每途经其地，或是散戏出来，必定喝他两碗。

看戏的时候，也少不了有卖酪的托着盘子在拥挤不堪的客座中间穿来穿去，口里喊着："酪——来——酪！"听戏在入神的时候，卖酪的最讨人厌。有一回小丑李敬山，在台上和另一小丑打诨，他问："你听见过王八是怎样叫唤的么？""没听过。""你听——"这时候有一位卖酪的正从台前经过，口里喊着"酪——来——酪"，于是观众哄堂大笑。

久离北平的人，不免犯馋，想北平的吃食，酪是其中之一。齐如山先生有一天请我到他家去喝酪。酪是黄媛珊女士做的，样子很好，味也不错，就是少那么一点点北平酪的香味，那香味应该说是近似酒香。她是大批地做，一做就是百儿八十碗，我去喝酪的那天，正见齐瑛先生把酪装上吉普车送往中华路一家店铺代售。我后来看到，那家店铺窗上贴着有"北平奶酪"的红纸条。可惜光顾的人很少，因为"膻肉酪浆，以充饥渴"究竟是北方人的习俗，而在北方畜牧亦不发达，所谓的酪只有北平城里的人才得享用。齐府所制之酪，不久成为绝响。

我们中国人，比较起来是消费牛奶很少的一个民族。我个人就很怕喝奶，温热了喝有一股腥气，冷冻了捏着鼻子往下灌又觉得长久胃里吃不消，可是做成酪我就喜欢喝。喝了几十年酪，不知酪是怎样做的。查书《饮膳正要》云："造法用乳半勺，锅内炒过，入余乳，熬数十沸，频以勺纵横搅之，倾出，罐盛待凉，掠取浮皮为酥，入旧酪少许，纸封贮，即成酪。"说得轻松，我不敢尝试，总疑心奶不能那么容易凝结，好像需要加进一点什么才成，好像做豆腐也要在豆浆里点一些盐卤才成。过去有酪喝，也就不想自己试做。黄媛珊女士做了，我也喝了，就是忘了问她是怎么做的，也许问过了，现在又忘了她是怎么说的。我来美国住了一阵之后，在我女儿文蔷家里又喝到了酪，是外国做法，虽不敢说和北平的酪媲美，至少慰情聊胜于无。现在把制法简述于下，以飨同好。

一、新鲜全脂牛奶，一夸特可以做六饭碗。奶粉也行，总不及鲜奶。

二、奶里加酌量的糖，及香料少许，杏仁精就很好，凡尼拉也行，不过我以为用甜酒调味（rumnavor）效果更佳。也有人说用金门高粱也很好。

三、凝乳片（rennet tablet）放在冷水里溶化，每片可做两碗。这种凝乳片是由牛犊的胃内膜提炼而成的，美国一般超级市场有售。

四、牛奶加温至华氏一百一十度，不可太热，如用口尝微温即可，绝对不可使沸，如太热需俟其冷却。

五、将凝乳剂倾入奶中，稍加搅和，俟冷放进冰箱，冰凉即可食用。手续很简便，不到一刻钟就完成了，曾几度持以待客，均食之而甘，仿佛又回到了北平，"酪——来——酪"之声盈耳。

锅块 / 周作人

　　老朋友东阳仲子是吴兴籍，但是生长在陕西，他吃面食最喜欢锅块，这和爱吃糯米的我都是同志，虽然我是纯粹的江东人。锅块的特色是用硬面，其次是厚实大块，往往直径一二尺，厚有二三寸，快刀切下一方来，着实耐咀嚼。普通面制品多用软面，不是发酵便起酥，或蒸或烙了吃，硬面是不发酵的，搁的水也较少，又是烤制，所以不愧一个硬字，这自然在锅块为甚，硬面馒头也是蒸的，硬面饽饽都是小个，就没有什么难吃的地方。犹太人过逾越节吃无酵饼，据《出埃及记》第十二章说，他们用埃及带出来的生面，烤成无酵饼，这生面原没有发起，因为他们被催逼离开埃及，不能耽延，也没有为自己预备什么食物，这饼大概也是硬面的锅块一类的东西吧。吃惯了面包的人吃这种粗制的饼自然觉得不好，全是一种纪念落难的意思，但是中国北方却是民间的常食，朴实可喜，我虽是吃过望江楼候口馒头（北方应称包子）的人，但实在愿意给它做义务的宣传。

煎馄饨 / 梁实秋

馄饨这个名称好古怪。宋程大昌《演繁露》："世言馄饨，是虏中浑沌氏为之。"有此一说，未必可信。不过我们知道馄饨历史相当悠久，无分南北到处有之。

儿时，里巷中到了午后常听见有担贩大声吆喝："馄饨——开锅！"这种馄饨挑子上的馄饨，别有风味，物美价廉。那一锅汤是骨头煮的，煮得久，所以是浑浑的、浓浓的。馄饨的皮子薄，馅极少，勉强可以吃出其中有一点点肉。但是作料不少，葱花、芫荽、虾皮、冬菜、酱油、醋、麻油，最后洒上竹节筒里装着的黑胡椒粉。这样的馄饨在别处是吃不到的，谁有工夫去熬那么一大锅骨头汤？

北平的山东馆子差不多都卖馄饨。我家胡同口有一个同和馆，从前在当地还有一点小名，早晨就卖馄饨和羊肉馅和卤馅的小包子。馄饨做得不错，汤清味厚，还加上几小块鸡血几根豆苗。凡是饭馆没有不备一锅高汤的（英语所谓"原汤"stock），一碗馄饨舀上一勺高汤，就味道十足。后来"味之素"大行其道，谁还预备原汤？不过善品味的人，一尝便知道是不是正味。

馆子里卖的馄饨，以致美斋的为最出名。好多年前，《同治都门纪略》就有赞赏致美斋的馄饨的打油诗：

> 包得馄饨味胜常，
> 馅融春韭嚼来香。
> 汤清润吻休嫌淡，
> 咽来方知滋味长。

这是同治年间的事，虽然已过了五十年左右，饭馆的状况变化很多，但是它的馄饨仍是不同凡响，主要的原因是汤好。

可是我最激赏的是致美斋的煎馄饨，每个馄饨都包得非常俏式，薄薄的皮子挺拔舒翘，像是天主教修女的白布帽子。入油锅慢火生炸，炸黄之后再上小型蒸屉猛蒸片刻，立即带屉上桌。馄饨皮软而微韧，有异趣。

馒头 / 周作人

　　南方人到北京来，叫人去买几个肉馒头，这便成了难问题了。北方称有馅的为包子，馒头乃是实心的，现在叫他买有馅的实心馒头，有如日本照《孟子》例称热水曰汤，冷水曰水，留学生叫公寓的人拿热的冷水来，一样的一时有点想不通，没法子办了。但是仔细想起来，肉馒头这句话并没有错，因为古时候馒头是可以有馅的。宋人笔记说宋仁宗诞日赐群臣包子，但馒头之名更早，诸葛孔明之说固不可靠，唐梵志诗云："城外土馒头，馅草在城里，一人吃一个，莫嫌没滋味"，可知馒头有馅唐时已然。又有人说，蒸饼也即是今之馒头，案宋时避仁宗讳，呼蒸饼为炊饼，那么武大郎所挑卖的也就是这物事了，《水浒》里只说他做几扇笼出卖，看不见裹什么馅，大概那也是实心的吧。

我们乡下的馒头都是有馅的，不是猪肉，便是豆沙白糖，虽然南京茶馆的素包子的确也不错，可惜那里不知道做。说也奇怪，从前新式茶馆没有开设的时候，乡下卖馒头的只有望江楼上一处，专卖元宵大的"候口馒头"，做点心极好，反正并不当饭吃，所以实心馒头是没有什么用的。北边面食是正当的饭，包子有点近于奢侈品，要讲好吃的馅更是奢侈了，正宗还是馒头，而且是实心的大个的，这蒸得好的实在不错，但在南方却是不容易遇见的了。

饺子 / 梁实秋

"好吃不过饺子，舒服不过倒着。"这是北方乡下的一句俗语。北平城里的人不说这句话。因为北平人过去不说饺子，都说"煮饽饽"，这也许是满洲语。我到了十四岁才知道煮饽饽就是饺子。

北方人，不论贵贱，都以饺子为美食。钟鸣鼎食之家有的是人力财力，吃顿饺子不算一回事。小康之家要吃顿饺子要动员全家老少，和面、擀皮、剁馅、包捏、煮，忙成一团，然而亦趣在其中。年终吃饺子是天经地义，有人胃口特强，能从初一到十五顿顿饺子，乐此不疲。当然连吃两顿就告饶的也不是没有。至于在乡下，吃顿饺子不易，也许要在姑奶奶回娘家时候才能有此豪举。

饺子的成色不同，我吃过最低级的饺子。抗战期间有一年除夕我在陕西宝鸡，餐馆过年全不营业，我踯躅街头，遥见铁路旁边有一草棚，灯火荧然，热气直冒，乃趋就之，竟是一间饺子馆。我叫了二十个韭菜馅饺子，店主还抓了一把带皮的蒜瓣给我，外加一碗热汤。我吃得一头大汗，十分满足。

我也吃过顶精致的一顿饺子。在青岛顺兴楼宴会，最后上了一钵水饺，饺子奇小，长仅寸许，馅子却是黄鱼韭黄，汤是清澈而浓的鸡汤，表面上还漂着少许鸡油。大家已经酒足菜饱，禁不住诱惑，还是给吃得精光，连连叫好。

做饺子第一面皮要好。店肆现成的饺子皮，碱太多，煮出来滑溜溜的，咬起来韧性不足。所以一定要自己和面，软硬合度，而且要多醒一阵子。盖上一块湿布，防干裂。擀皮子不难，久练即熟，中心稍厚，边缘稍薄。包的时候一定要用手指捏紧。有些店里伙计包饺子，用拳头一握就是一个，快则快矣，煮出来一个个的面疙瘩，一无是处。

饺子馅各随所好。有人爱吃荠菜，有人怕吃茴香。有人要薄皮大馅，最好是一兜儿肉，有人愿意多羼青菜。（有一位太太应邀吃饺子，咬了一口大叫，主人以为她必是吃到了苍蝇蟑螂什么的，她说："怎么，这里面全是菜！"主人大窘。）有人以为猪肉冬瓜馅最好，有人认定羊肉白菜馅为正宗。韭菜馅有人说香，有人说臭，天下之口并不一定同嗜。

　　冷冻饺子是不得已而为之，还是新鲜的好。据说新发明了一种制造饺子的机器，一贯作业，整洁迅速，我尚未见过。我想最好的饺子机器应该是——人。

　　吃剩下的饺子，冷藏起来，第二天油锅里一炸，炸得焦黄，好吃。

点心与饭 / 周作人

　　小时候爱吃杂食，时常被大人们教训，说点心不是当饭吃的。这句话里的真理我一直相信着，因为点心与饭的区分就是这样定的。我们乡下的点心大抵可以分作两类，一是干点心，在茶食店里所卖的，二是湿点心，一切蒸制及有汤的东西。这第二类中有莲子茶、汤圆、烧卖、花饺、馄饨、包子、各式面、藕粥等，有的家制，有的有专店，半干湿的糕和麻糍一类也就附在这里。这些湿点心固然可以吃个半饱，但总不把它当饭，除非是有特别情形，这也只是偶尔的例外而已，所以有些旧式的老辈诉说胃口不开，问他今日吃了些什么，则面和饺子之类也相当吃了些，可是饭并没有吃，因此足见胃口是不好了。这个道理拿到北方来，便全然讲不通，这里说吃饭，不能如字讲的，固然也有小米饭与高粱米饭，一般所珍重的是面条、馒头与烙饼，用南方的旧标准来看，乃是以点心当饭的。不明了这个关系的人来到以面食有名的北方，一吃馄饨炒面等，觉得并不及南方好吃，未免奇怪，其实是当然的，因为这里乃是当饭吃的呀。在北京要吃面食的点心，必须去找江苏或扬州的馆子，在那里所做的才不是饭而是点心。北方烙饼有一手指厚，奢侈点裹一片肉，普通只用葱蘸酱，卷了就吃，我们乡间戏台下卖的山东饼乃薄如指甲，却加上红酱辣酱葱花，裹上几倍大的一条油条，广东月饼的用意相同，这表皮差不多只作容器用而已，这正是一个很明白的例子。

南北的点心 / 周作人

现在说的是单指干点这一类，这在中国的南北也略有点不同。以四十年前故乡的茶食店为例，所卖的东西大概有这几类：一是糖属，甲类有松仁缠、核桃缠，乙类牛皮糖、麻片糖、寸金糖、酥糖等；二是糕属，甲类有松子糕、枣泥糕、蜜仁糖，乙类炒米糕、百子糕、玉露霜，丙类玉带糕、云片糕等；三是饼属，甲类有各类月饼，限于秋季，乙类红绫饼、梁湖月饼等，则通年有之；四是糕干类，有香糕、琴糕、鸡骨头糕干等；五是鸡蛋制品，有蛋糕、蛋卷、蛋饼等。到北京来看，货色很不一样，所谓小八件大八件，样子很质朴，全是乡下气，觉得出于意外，虽然自来红、自来白这些月饼似的东西，吃起来不会零碎得落下皮来，觉得还有可取。至于玉带糕寸金糖之属，要在南方店铺如稻香村等才可以买到，这明显地看出点心上的界线来了。这是什么缘故呢，我当初也不明了。后来有人送我一匣小八件，我打开来看，不知怎的觉得很是面善，忽而恍然大悟，这不是佛手酥么，菊花酥么，只要加上金枣龙缠豆及桂花球，可不是乡下结婚时分送的喜果么？我怎么会忘记了的呢！我又记起茶食店的仿单上的两句话，明明替我解决了疑问，说北方的是官礼茶食，南方的是嘉湖细点。大概在明朝中晚时代，陈眉公、李日华辈，在江浙大有势力，吃的东西也与眉公马桶等一起的有了飞跃的发展，成了种种细点，流传下来，到了礼节赠送多从保守，又较节省，这就是旧式饽饽成为喜果的原因了。

再谈南北的点心 / 周作人

中国地大物博，风俗与土产随地域各有不同，因为一直缺少人记录，有许多值得也是应该知道的事物，我们至今不能知道清楚，特别是关于衣食住的事项。我这里只就点心这个题目，依据浅陋所知，来说几句话，希望抛砖引玉，有旅行既广，游历又多的同志们，从各方面来报道出来，对于爱乡爱国的教育，或者也不无小补吧。

我是浙江东部人，可是在北京住了将近四十年，因此南腔北调，对于南北情形都知道一点，却没有深厚的了解。据我的观察来说，中国南北两路的点心，根本性质上有一个很大的区别。简单地下一句断语，北方的点心是常食的性质，南方的则是闲食，我们只看北京人家做饺子馄饨面总是十分苗实，馅决不考究；面用芝麻酱拌，最好也只是炸酱；馒头全是实心。本来是代饭用的，只要吃饱就好，所以并不求精。若是回过来走到东安市场，往五芳斋去叫了来吃，尽管是同样名称，做法便大不一样，别说蟹黄包子、鸡肉馄饨，就是一碗三鲜汤面，也是精细鲜美的。可是有一层，这决不可能吃饱当饭，一则因为价钱比较贵，二则昔时无此习惯。抗战以后上海也有阳春面，可以当饭了。但那是新时代的产物，在老辈看来，是不大可以为训的。我母亲如果在世，已有一百岁了，她生前便是绝对不承认点心可以当饭的，有时生点小毛病，不喜吃大米饭，随叫家里做点馄饨或面来充饥，即使一天里仍然吃过三回，她却总说今天胃口不开，因为吃不下饭去，因此可以证明那馄饨和面都不能算是饭。这种论断，虽然有点儿近于武断，但也可以说是客观的佐证，因为南方的点心是闲食，做法也是趋于精细鲜美，不取苗实一路的。上文五芳斋固然是很好的例子，我还可以再举出南方做烙饼的方法来，更为具体，也有意思。我们故乡是在钱塘江的东岸，那里不常吃面食，可是有烙饼这物事。这里要注意的，是"烙"不读作"老"字音，乃是"洛"字入声，又名为山东饼，这证明原来是模仿大饼而做的，但是烙法却不大相同了。乡间卖馄饨面和馒头都分别有专门的店铺，唯独这烙饼只有摊，而且也不是每天都有，这要等待那里有社戏，才有几个摆在戏台附近，供看戏的人买吃，价格是每个制钱三文，计油条价二文，葱酱和饼只要一文罢了。做法是先将原本两折的油条扯开，改作三折。在鏊盘上烤焦，同时在预先做好的直径约二寸、厚约一分的圆饼上，满搽红酱和辣酱，撒上葱花，卷在油条外面，再烤一下，就做成了。它的特色是油条加葱酱烤过，香辣好吃，那所谓饼只是包裹油条的东西，乃是客而非主，拿来与北方原来的大饼相比，厚大如茶盘，卷上黄酱与大葱，大嚼一张，可供一饱，这里便显出很大的不同来了。

上边所说的点心偏于面食一方面，这在北方本来不算是闲食吧。此外还有一类干点心，北京称为饽饽，这才当作闲食，大概与南方并无什么差别。但是这里也有一点不同，据我的考察，北方的点心历史古，南方的历史新，古者可能还有唐宋遗制，新的只是明朝中叶吧。点心铺招牌上有常用的两句话，我想借来用在这里，似乎也还适当，北方可以称为"官礼茶食"，南方则是"嘉湖细点"。

我们这里且来做一点繁琐的考证，可以多少明白这时代的先后。查清顾张思的《土风录》卷六，"点心"条下云："小食曰点心，见《吴曾漫录》：唐郑傪为江淮留后，家人备夫人晨馔，夫人谓其弟曰：'治妆未毕，我未及餐，尔且可点心。'

俄而女仆请备上人点心，偺诟曰：'适已点心，今何又请！'"由此可知点心古时即是晨馔。同书又引周辉《北辕录》云："洗漱冠栉毕，点心已至。"后文说明点心中馒头馄饨包子等，可知说的是水点心，在唐朝已有此名了。茶食一名，据《土风录》云："干点心曰茶食，见宇文懋《昭金志》：'婿先期拜门，以酒馔往，酒三行，进大软脂小软脂，如中国寒具，又进蜜糕，人各一盘，曰茶食。'"《北辕录》云："金国宴南使，未行酒，先设茶筵，进茶一盏，谓之茶食。"茶食是喝茶时所吃的，与小食不同，大软脂，大抵有如蜜麻花，蜜糕则明系蜜饯之类了。从文献上看来，点心与茶食两者原有区别，性质也就不同，但是后来早已混同了。本文中也就混用，那招牌上的话也只是利用现成文句，茶食与细点作同义语看，用不着再分析了。

我初到北京来的时候，随便在饽饽铺买点东西吃，觉得不大满意，曾经埋怨过这个古都市，积聚了千年以上的文化历史，怎么没有做出些好吃的点心来。老实说，北京的大八件小八件，尽管名称不同，吃起来不免单调，正和五芳斋的前例一样，东安市场内的稻香村所做的南式茶食，并不齐备，但比起来也显得花样要多些了。过去时代，皇帝向在京里，他的享受当然是很豪华的，却也并不曾创造出什么来。北海公园内旧有"仿膳"，是前清御膳房的做法，所做小点心，看来也是平常，只是做得小巧一点而已。南方茶食中有些东西，是小时候熟悉的，在北京都没有，也就感觉不满足，例如糖类的酥糖、麻片糖、寸金糖，片类的云片糕、椒桃片、松仁片，软糕类的松子糕、枣子糕、蜜仁糕、橘红糕等。此外有缠类，如松仁缠、核桃缠，乃是在干果上包糖，算是上品茶食，其实倒并不怎么好吃。南北点心粗细不同，我早已注意到了，但这是怎么一个系统，为什么有这差异？那我也没有法子去查考，因为孤陋寡闻，而且关于点心的文献，实在也不知道有什么书籍。但是事有凑巧，不记得是那一年，或者什么原因了，总之见到几件北京的旧式点心，平常不大碰见，样式有点别致的，这使我忽然大悟，心想这岂不是在故乡见惯的"官礼茶食"么？故乡旧式结婚后，照例要给亲戚本家分"喜果"，一种是干果，计核桃、枣子、松子、榛子，讲究的加荔枝、桂圆。又一种是干点心，记不清它的名字。查范寅《越谚》饮食门下，记有金枣和珑缠豆两种，此外我还记得有佛手酥、菊花酥和蛋黄酥等三种。这种东西，平时不通销，店铺里也不常备，要结婚人家订购才有，样子虽然不差，但材料不大考究，即使是可以吃的佛手酥，也总不及红绫饼或梁湖月饼，所以喜果送来，只供小孩们胡乱吃一阵，大人是不去染指的。可是这类喜果却大抵与北京的一样，而且结婚时节非得使用不可。云片糕等虽然是比较要好，却是决不使用的。这是什么理由？

这一类点心是中国旧有的，历代相承，使用于结婚仪式。一方面时势转变，点心上发生了新品种，然而一切仪式都是守旧的，不轻易容许改变，因此即使是送人的喜果，也有一定的规矩，要订做现今市上不通行了的物品来使用。同是一类茶食，在甲地尚在通行，在乙地已出了新的品种，只留着用于"官礼"，这便是南北点心情形不同的原因了。

上文只说得"官礼茶食"，是旧式的点心，至今流传于北方。至于南方点心的来源，那还得另行说明。"嘉湖细点"，这四个字，本是招牌和仿单上的口头禅，现在正好借用过来，说明细点的起源。因为据我的了解，那时期当为前明中叶，而地点则是东吴西浙，嘉兴湖州正是代表地方。我没有文书上的资料，来证明那时吴中饮食丰盛奢华的情形，但以近代苏州饮食风靡南方的事情来作比，这里有点类似。明朝自永乐以来，政府虽是设在北京，但文化中心一直还是在江南一带。那里官绅富豪生活奢侈，茶食一类也就发达起来。就是水点心，在北方作为常食的，也改作得特别精美，成为以赏味为目的的闲食了。这南北两样的区别，在点心上存在很久，这里固然有风俗习惯的关系，一时不易改变，但在百花齐放的今日，这至少该得有一种进展了吧。其实这区别不在于质而只是量的问题，换一句话即是做法的一点不同而已。我们前面说过，家庭的鸡蛋炸酱面与五芳斋的三鲜汤面，固然是一例。此外则有大块粗制的窝窝头，与"仿膳"的一碟十个的小窝窝头，也正是一样的变化。北京市上有一种爱窝窝，以江米煮饭捣烂（即是糍粑）为皮，中裹糖馅，如元宵大小。李光庭在《乡言解颐》中说明它的起源云："相传明世中宫有嗜之者，因名御爱窝窝，今但曰爱而已。"这里便是一个例证，在明清两朝里，窝窝头一件食品，便发生了两个变化了。本来常食闲食，都有一定习惯，不易轻轻更变，在各处都一样是闲食的干点心则无妨改良一点做法，做得比较精美，在人民生活水平日益提高的现在，这也未始不是切合实际的事情吧。国内各地方，都富有不少有特色的点心，就只因为地域所限，外边人不能知道，我希望将来不但有人多多报道，而且还同土产果品一样，陆续输到外边来，增加人民的口福。

三顿饭 / 周作人

　　南方人见人打招呼，问吃过饭不，说者谓都是饿鬼转世。乡间饭时有客来，主人主妇必以筷指其饭碗曰，我里吃饭，我读额挨切，意云我们，我里者我们这里也。客人照例曰，请请。则寒暄已毕，可以开始谈话了。乡下还有一点很特别的事，便是每天必吃三顿饭，每顿饭必现煮，可以说对于饭真是热心。因为早上吃饭，须得买菜做菜，菜市很早，去买的也非早不可，城内早市匆忙的情形为别处所少见，隔了一条江的杭州便不如此，那里早晨吃水泡饭，午前上街去买菜是很从容的。不过这三顿也只重在饭而已，至于下饭那并不看重，虽然比北方要好一点，因为鱼虾常有，不论贫富都吃得着。煮饭用灶，多烧稻草，只此一锅，平常的菜都蒸熯在上边，高的锅盖之下总可以放三层饭架，三四十二，便有十二碗，竟是一大桌了。茭白架子放在饭里，虾米白鲞汤，盐渍鲜鱼，打鸭子即溜黄菜，勒鲞加肉饼，搁在饭架上，等饭熟时这也好了，平常已经可以请客吃便饭，若再添炒鸡子和盐烤虾，那才去生起小风炉来另做。汪龙庄在湖南做知县，竭力提倡过这种煮饭法，关于灶和锅，在他所著《善俗书》里说得很详细。这蒸菜的办法，有一缺点，就是安排不容易，假如一碗腌菜一倾侧，饭里便全有了气味，虽然上灶的人对于叠饭架甚有经验，这种失败还是常会有的。

羊肝饼 / 周作人

　　有一件东西，是本国出产的，被运往外国经过四五百年之久，又运了回来，却换了别一个面貌了。这在一切东西都是如此，但在吃食有偏好关系的物事，尤其显著，如有名茶点的"羊羹"，便是最好的一例。

　　"羊羹"这名称不见经传，一直到近时北京仿制，才出现市面上。这并不是羊肉什么做的羹，乃是一种净素的食品，系用小豆做成细馅，加糖精制而成，凝结成块，切作长方，所以实事求是，理应叫作"豆沙糖"才是正办。但是这在日本（因为这原是日本仿制的食品）一直是这样写，他们也觉得费解，加以说明，最近理的一种说法是，这种豆沙糖在中国本来叫作羊肝饼，因为饼的颜色相像，传到日本，不知因何传讹，称为羊羹了，虽然在中国查不出羊肝饼的故典，未免缺憾，不过唐朝时代的点心有哪几种，至今也实在难以查清，所以最好承认，算是合理的说明了。

传授中国学问技术去日本的人，是日本的留学僧人，他们于学术之外，还把些吃食东西传过去。羊肝饼便是这些和尚带回去的食品，在公历十五世纪"茶道"发达时代，便开始作为茶点而流行起来。在日本文化上有一种特色，便是"简单"，在一样东西上精益求精地干下来，在吃食上也有此风，于是便有一种专做羊肝饼（羊羹）的店，正如做昆布（海带）的也有专门店一样。结果是"羊羹"大大的有名，有纯粹豆沙的，这是正宗，也有加栗子的，或用柿子做的，那是旁门，不足重了。现在说起日本茶食，总第一要提出"羊羹"，不知它的祖宗是在中国，不过一时无可查考罢了。

近时在中国市场上，又查着羊肝饼的子孙，仍旧叫作"羊羹"，可是已经面目全非——因为它已加入西洋点心的队伍里去了。它脱去了"简单"的特别衣服，换上了时髦装束，做成"奶油""香草"，及各种果品的种类。我希望它至少还保留一种有小豆的清香的纯豆沙的羊羹，熬得久一点，可以经久不变，却不可复得了。倒是做冰棍（上海叫棒冰）的在各式花样之中，有一种小豆的，用豆沙做成，很有点羊肝饼的意思，觉得是颇可吃得，何不利用它去制成一种可口的吃食呢。

香酥饼 / 周作人

绍兴塔山下有两样名物，其一是香酥饼，其二是炒芽豆。小时候大人叫往塔山买芽豆，很高兴地跑去，但是买香酥饼时便有点儿踌躇了。香酥饼只有塔山下才有，两三家相近的开着，记得名称都是沛国斋加什么记吧，一间干干净净的店面，柜台里边疏朗朗的没有什么东西，只是几个大的瓷瓶，装着货色，那就是有名的香酥饼。这是寸许直径的小饼，样子很像上坟烧饼，大概用麦粉所做，稍有糖馅，质甚轻松，加上一种什么香料，与那名称也还相称。价值从前大抵是两文一个，也不算贵，不过因为个儿小，买了一百个也只是小巧的一包，送人不大好看，但是加上一句说明是塔山下的名物，自然就敷衍得过去了。这店里又有一个特色，是女人管店，虽然并不怎么描头画角，也没有什么风说，但总之不是老太婆，乃是服装不坏年纪不大的女人，客气地接待主顾，结果自然是浮滑少年喜欢多去，我们真心买香酥饼的而在年岁上易有嫌疑的人便难免反而有点不好意思。这很有点像书籍碑帖铺的样子，里边不知怎的有一种闲静的空气。我想或者最初有什么姓刘的流亡到那里，本来是文化人没有职业可做，只记得些点心的做法，姑且开个小铺对付度日，后来却有了名，一直就开了下去。这是我空想的推测，是从那店的上下四旁看出来的，所缺便只是那实在的证据，这除了沛国斋没有人知道，所以于我也是无怪的了。

烙饼 / 梁实秋

饼而曰烙，可知不是煎、不是炸、不是烤，更不是蒸。烙饼的锅曰铛，在这里音"撑"，差亨切，阴平声。铛是平底锅，通常无足无耳无柄，大小不一定。铛是铁打的，相当的厚重，不容易烧热，可是烧热了也不容易凉，最适宜于烙饼。洋式的带柄的平底锅，也可以用来烙饼，而且小巧灵便，但是铝合金制的锅究竟传热太快冷却也太快，控制温度麻烦，不及我们的铛。

烙饼需要和面。和面不简单。没有触摸过白案子，初次和面，大概会弄得一塌糊涂，无有是处。烙饼需用热水和面，不是滚开的沸水，沸水和面就变成烫面了。用热水和面是取其和出来软。和好了面不能立刻烙，要容它"醒"一段时间。这段时间可长可短，看情形而定。

如果做家常饼，手续最简单。家常饼是薄薄的，里面的层次也不需太多，表面上更不需刷油，烙出来白磁煳裂的，只要相当软和就成。在北平懒婆娘自己不动手，可以到胡同口外蒸锅铺油盐店之类的地方去订制，论斤卖。一斤面大概可以烙不大不小的四张。北方人贫苦，如果有两张家常饼，配上一盘摊鸡蛋（鸡蛋要摊成直径和饼一样大的两片），把蛋放在饼上，卷起来，竖立之，双手扶着，张开大嘴，左一口、右一口，中间再一口，那简直是无与伦比的一顿丰盛大餐。

孩子想吃甜食，最方便莫如到蒸锅铺去烙几张糖饼，黑糖和芝麻酱要另外算钱，事前要讲明几个铜板的黑糖，几个铜板的芝麻酱。烙饼要夹杂着黑糖和芝麻酱，趁热吃，那份香无法形容。我长大以后，自己在家中烙糖饼，乃加倍地放糖，加倍地放芝麻酱，来弥补幼时之未能十分满足的欲望。

葱油饼到处都有，但是真够标准的还是要求之于家庭主妇。北方善烹饪的家庭主妇，做法细腻，和一般餐馆之粗制滥造不同。一般餐馆所制，多患油腻。在山东，许多处的葱油饼是油炸的，焦黄的样子很好看，吃上一块两块就消受不了。在此处颇有在饼里羼味精的，简直是不可思议。标准的葱油饼要层多、葱多，而油不太多。可以用脂油丁，但是要少放。要层多，则擀面要薄，多卷两次再加葱。葱花要细，要九分白一分绿。撒盐要匀。锅里油要少，锅要热而火要小。烙好之后，两手拿饼直立起来在案板上戳打几下，这个小动作很重要，可以把饼的层次戳松。葱油饼太好吃，不需要菜。

清油饼实际上不是饼。是细面条盘起来成为一堆，轻轻压按使成饼形，然后下锅连煎带烙，成为焦黄的一坨。外面的脆硬，里面的还是软的。山东馆子最善此道。我认为最理想的吃法，是每人一个清油饼，然后一碗烩虾仁或烩两鸡丝，分浇在饼上。

吃饭与吃面包 / 周作人

　　中国人说吃饭，欧洲人说吃面包，这代表东方西方两种不同的生活方式。根本是一样的都是谷食，米与麦实在所差无几，可是一个是整粒地煮，一个是磨了粉再来蒸烤，在制法这一点差异上就发生了吃法的不同，吃面包用刀叉，吃饭则是用筷子的。这两者的起源同是出于用手抓，西方面食的省五指为三成为钢叉，东方米食乃省而为二，便是竹木的筷子了。用叉的手势通用于拿钢笔，两支筷子操纵稍难，但运动也更自如，譬如用筷子夹一颗豌豆，在西洋人看来有点近于变小戏法了，在中国却是寻常的事，只要不是用的象牙或银筷子。与拿钢笔同一个道理，中国执笔的手势与拿筷子也是同一基础的。

我们现在如问中国这吃饭的方式要不要改，改得同一般通行的一样，便是改吃面包，早晚会见互问吃过面包没有呢？我想谁都立即回答说不，因为这是不可能，也不必要的。水田或者可能改造了来种麦，面包本来可以当饭，事实上中国有好些地方也经常食面，但一样还是说吃饭，如依照从来烹调法，根本都是用筷子的食物，可见吃饭的观念与用筷子的习惯是多么根深蒂固了。现在固然没有主张要改的人，我不过举这个例，说明人们的生活方式中很有些是不必要改，也是不可能改的。

面条 / 梁实秋

面条，谁没吃过？但是其中大有学问。

北方人吃面讲究吃抻面。抻，音 chēn，用手拉的意思，所以又称为拉面。用机器压切的面曰切面，那是比较晚近的产品，虽然产制方便，味道不大对劲。

我小时候在北京，家里常吃面，一顿饭一顿面是常事，面又常常是面条。一家十几口，面条由一位厨子供应，他的本事不小。在夏天，他总是打赤膊，拿大块和好了的面团，揉成一长条，提起来拧成麻花形，滴溜溜地转，然后执其两端，上上下下地抖，越抖越长，两臂伸展到无可再伸，就把长长的面条折成双股，双股再拉，拉成四股，四股变成八股，一直拉下去，拉到粗细适度为止。在拉的过程中不时地在洒了干面粉的案子上重重地摔，使黏上干面，免得黏了起来。这样的拉一把面，可供十碗八碗。一把面抻好投在沸滚的锅里，马上抻第二把面，如是抻上两三把，差不多就够吃的了，可是厨子累得一头大汗。我常站在厨房门口，参观厨子表演抻面，越夸奖他，他越抖神，眉飞色舞，如表演体操。面和得不软不硬，像牛筋似的，两胳膊若没有一把子力气，怎行？

面可以抻得很细。隆福寺街灶温，是小规模的二荤铺，他家的拉面真是一绝。拉得像是挂面那样细，而吃在嘴里利利落落。在福全馆吃烧鸭，鸭架装打卤，在对门灶温叫几碗一窝丝，真是再好没有的打卤面。自己家里抻的面，虽然难以和灶温的比，也可以抻得相当标准。也有人喜欢吃粗面条，可以粗到像是小指头，筷子夹起来卜楞卜楞的像是鲤鱼打挺。本来抻面的妙处就是在于那一口咬劲儿，多少有些韧性，不像切面那样的糟，其原因是抻得久，把面的韧性给抻出来了。要吃过水儿面，把煮熟的面条在冷水或温水里涮一下；要吃锅里挑，就不过水，稍微黏一点，各有风味。面条儿宁长勿短，如嫌太长可以拦腰切一两刀再下锅。寿面当然是越长越好。曾见有人用切面做寿面。也许是面搁久了，也许是煮过火了，上桌之后，当众用筷子一挑，肝肠寸断，窘得下不了台！

其实面条本身无味，全凭调配得宜。我见识谫陋，记得在抗战初年，长沙尚未经过那次大火，在天心阁吃过一碗鸡火面，印象甚深。首先是那碗，大而且深，比别处所谓"二海"容量还要大些，先声夺人。那碗汤清可鉴底，表面上没有油星，一抹面条排列整齐，像是美人头上才梳拢好的发蓬，一根不扰。大大的几片火腿鸡脯摆在上面。看这模样就觉得可人，味还差得了？再就是离成都不远的牌坊面，远近驰名，别看那小小一撮面，七八样佐料加上去，硬是要得，来往过客就是不饿也能连罄五七碗。我在北碚的时候，有一阵子诗人尹石公做过雅舍的房客，石老是扬州人，也颇喜欢吃面，有一天他对我说："李笠翁《闲情偶寄》有一段话提到汤面深获我心，他说味在汤里而面索然寡味，应该是汤在面里然后面才有味。我照此原则试验已得初步成功，明日再试敬请品尝。"第二天他果然市得小小蹄髈，细火炮烂，用那半锅稠汤下面，把汤耗干为度，蹄髈的精华乃全在面里。

我是从小吃炸酱面长大的。面一定是自抻的，从来不用切面。后来离乡外出，没有厨子抻面，退而求其次，家人自抻小条面，供三四人食用没有问题。用切面吃炸酱面，没听说过。四色面码，一样也少不得，掐菜、黄瓜丝、萝卜缨、芹菜末。

米线和饵块 / 汪曾祺

　　未到昆明之前，我没有吃过米线和饵块。离开昆明以后，也几乎没有再吃过米线和饵块。我在昆明住过将近七年，吃过的米线饵块可谓多矣。大概每个星期都得吃个两三回。

　　米线是米粉像压饸饹似的压出来的那么一种东西，粗细也如张家口一带的莜面饸饹。口感可完全不同。米线洁白，光滑，柔软。有个女同学身材细长，皮肤很白，有个外号，就叫"米线"。这东西从作坊里出来的时候就是熟的，只需放入配料，加一点水，稍煮，即可食用。昆明的米线店都是用带把的小铜锅，一锅只能煮一两碗，多则三碗，谓之"小锅米线"。昆明人认为小锅煮的米线才好吃。米线配料有多种，除了爨肉之外，都是预先熟制好了的。昆明米线店很多，几乎每条街都有。文林街就有两家。

一家在西边，近大西门，坐南朝北。这家卖的米线花样多，有焖鸡米线、爨肉米线、鳝鱼米线、叶子米线。焖鸡其实不是鸡，是瘦肉，煸炒之后，加酱油香料煮熟。爨肉即鲜肉末。米线煮开，拨入肉末，见两开，即得。昆明人不知道为什么把这种做法叫作爨肉，这是个多么复杂难写的字！云南因有二爨（《爨宝子》《爨龙颜》）碑，很多人能认识这个字，外省人多不识。云南人把荤菜分为两类，大块炖猪肉以及鸡鸭牛羊肉，谓之"大荤"，炒蔬菜而加一点肉丝或肉末，谓之"爨荤"。"爨荤"者零碎肉也。爨肉米线的名称也许是这样引申出来的。鳝鱼米线里的鳝鱼是鳝鱼切段，加大蒜焖酥了的。"叶子"即炸猪皮。这东西有的地方叫"响皮"，很多地方叫"假鱼肚"，叫作"叶子"，似只有云南一省。

街东的一家坐北朝南，对面是西南联大教授宿舍，沈从文先生就住在楼上临街的一间里面。这家房屋桌凳比较干净，米线的味道也较清淡，只有焖鸡和爨肉两种，不过备有鸡蛋和西红柿，可以加在米线里。巴金同志在纪念沈先生文中说，沈先生经常以两碗米线，加鸡蛋西红柿，就算是一顿饭了，指的就是这一家。沈先生通常吃的是爨肉米线。这家还卖鸡头脚（卤煮）和油炸花生米，小饮极便。

荩忠寺坡有一家卖炽肉米线。白汤。大块臀肩肥瘦肉煮得极炽，放大瓷盘中。米线烫热浇汤后，用包馄饨用的竹片扒下约半两炽肉，堆在米线上面。汤肥，味厚。全城卖炽肉米线者只此一家。

青云街有一家卖羊血米线。大锅两口，一锅开水，一锅煮着生的羊血。羊血并不凝结，只是像一锅嫩豆腐。米线放在漏勺里在开水锅中冒得滚烫，抿羊血一大勺盖在米线上，浇芝麻酱，撒上香菜蒜泥，吃辣的可以自己加。有的同学不敢问津，或望望然而去之，因为羊血好像不熟，我则以为是难得的异味。

正义路有一个奎光阁，门面颇大，有楼，卖凉米线。米线，加好酱油，酸甜醋（昆明的醋有两种，酸醋和甜醋，加醋时店伙都要问：“吃酸醋嘛甜醋？”通常都答曰：“酸甜醋。”即两样都要）、五辛、生菜、辣椒。夏天吃凉米线，大汗淋漓，然而浑身爽快。奎光阁在我还在昆明时就关张了。

护国路附近有一条老街，有一家专卖干烧米线，门面甚小，座位靠墙，好像摆在一个半截胡同里，没几张小桌子。干烧米线放大量猪油，酱油，一点儿汤，加大量的辣椒面和川花椒末，烧得之后，无汁水，是盛在盘子里吃的。颜色深红，辣椒和花椒的香气冲鼻子。吃了这种米线得喝大量的茶——

最好是沱茶，因为味道极其强烈浓厚，"叫水"；而且麻辣味在舌上久留不去，不用茶水涮一涮，得一直张嘴哈气。

最为名贵的自然是过桥米线。过桥米线和汽锅鸡堪称昆明吃食的代表作。过桥米线以正义路牌楼西侧一家最负盛名。这家也卖别的饭菜，但是顾客多是冲过桥米线来的。入门坐定，叫过菜，堂倌即在每人面前放一盘生菜（主要是豌豆苗）；一盘（九寸盘）生鸡片、腰片、鱼片、猪里脊片、宣威火腿片，平铺盘底，片大，而薄几如纸；一碗白胚米线。随即端来一大碗汤。汤看来似无热气，而汤温高于一百摄氏度，因为上面封了厚厚的一层鸡油。我们初到昆明，就听到不止一个人的警告：这汤万万不能单喝。说有一个下江人司机，汤一上来，端起来就喝，竟烫死了。把生片推入汤中，即刻就都熟了；然后把米线、生菜拨入汤碗，就可以吃起来。鸡片腰片鱼片肉片都极嫩，汤极鲜，真是食品中的尤物。过桥米线有个传说，说是有一秀才，在村外小河对岸书斋中苦读，秀才娘子每天给他送米线充饥，为保持鲜嫩烫热，遂想出此法。娘子送吃的，要过一道桥。秀才问："这是什么米线？"娘子说："过桥米线！""过桥米线"的名称就是这样来的。此恐是出于附会。"过桥"之名我于南宋人笔记中即曾见过，书名偶忘。

饵块有两种。

一种是汤饵块和炒饵块。饵块乃以米粉压成大坨，于大甑内蒸熟，长方形，一坨有七八寸长，五寸来宽，厚约寸许，四角浑圆，如一小枕头。将饵块横切成薄片，再加几刀，切如骨牌大，入汤煮，即汤饵块；亦可加肉片青菜炒，即炒饵块。我们通常吃汤饵块，吃炒饵块时少。炒饵块常在小饭馆里卖，汤饵块则在较大的米线店里与米线同卖。饵块亦可以切成细条，名曰饵丝。米线柔滑，不耐咀嚼，连汤入口，便顺流而下，一直通过喉咙入肚。饵块饵丝较有咬劲。不很饿，吃米线；倘要充腹耐饥，吃饵块或饵丝。汤饵块饵丝，配料与米线同。青莲街逼死坡下，有一家本来是卖甜品的，忽然别出心裁，添卖牛奶饵丝和甜酒饵丝，生意颇好。或曰：饵丝怎么可以吃甜的？然而，饵丝为什么不能吃甜的呢？既然可以有甜酒小汤元，当然也可以有甜酒饵丝。昆明甜酒味浓，甜酒饵丝香，醇，甜，糯。据本省人说，饵块以腾冲的最好。腾冲炒饵块别名"大救驾"。传南明永历帝朱由榔，败走滇西，至腾冲，饥不得食，土人进炒饵块一器，朱由榔吞食罄尽，说："这可真是救了驾了！"遂有此名。腾冲的炒饵块我吃过，只觉得切得极薄，配料讲究，吃起来与昆明的炒饵块也无多大区别。据云腾冲的饵块乃专用某地出的上等大米舂粉制成，粉质精细，为他处所不及。只有本省人能品尝各地的米质精粗，外省吃不出所以然。

　　烧饵块的饵块是米粉制的饼状物，"昆明有三怪，粑粑叫饵块……"指的就是这东西。饵块是椭圆形的，形如北方的牛舌饼大，比常人的手掌略长一些，边缘稍厚。烧饵块多在晚上卖。远远听见一声吆唤："烧饵块……"声音高亢，有点凄凉。走近了，就看到一个火盆，置于交脚的架子上，盆中炽着木炭，上面是一个横搭于盆口的铁算子，饵块平放在算子上，卖烧饵的用一柄柿油纸扇煽着木炭，炭火更旺了，通红的。昆明人不用葵扇，煽火多用状如葵扇的柿油纸扇。铁算子前面是几个搪瓷把缸，内装不同的酱，平列在一片木板上。不大一会儿，饵块烧得透了，内层绵软，表面微起薄壳，即用竹片从搪瓷缸中刮出芝麻酱、花生酱、甜面酱、泼了油的辣椒面，依次涂在饵块的一面，对折起来，状如老式木梳，交给顾客。两手捏着，边吃边走，咸、甜、香、辣，并入饥肠。四十余年，不忘此味。我也忘不了那一声凄凉而悠远的吆唤："烧饵块……"

一九八六年，我重回了一趟昆明。昆明变化很大。就拿米线饵块来说，也有了很大的变化。我住在圆通街，出门到青云街、文林街、凤翥街、华山西路、正义路各处走了走。我没有见到焖鸡米线、爨肉米线、鳝鱼米线、叶子米线，问之本地老人，说这些都没有了。代之而起的是到处卖肠旺米线。"肠"是猪肠子，"旺"是猪血，西南几省都把猪血叫作"血旺"或"旺子"。肠旺米线四十多年前昆明是没有的，这大概是贵州传过来的。什么时候传来的？为什么肠旺米线能把焖鸡糁肉……都打倒，变成肠旺米线一统天下呢？是焖鸡、糁肉没人爱吃？费工？不赚钱？好像也都不是。我实在百思不得其解。

我没有去吃过桥米线，因为本地人告诉我，现在的过桥米线大大不如从前了。没有那样的鸡片、腰片，——没有那样的刀工。没有那样的汤。那样的汤得用肥母鸡才煨得出，现在没有那样的肥母鸡。

烧饵块的饵块倒还有，但是不是椭圆的，变成了圆的。也不像从前那样厚实，镜子样的薄薄一个圆片，大概是机制的。现在还抹那么多种酱么？还用栎炭火来烧么？

这些变化是怎么发生的？为什么会发生？

满汉细点 / 梁实秋

　　北平的点心店叫作饽饽铺。都有一座细木雕花的门脸儿，吊着几个木牌，上面写着"满汉细点"什么的。可是饽饽都藏在里面几个大盒子大柜子里，并不展示在外，而且也没有什么货品价格表之类的东西。进得铺内，只觉得干干净净，空空洞洞，香味扑鼻。

　　满汉细点，究竟何者为满何者为汉，现已分辨不清。至少从名称看来，"萨其玛"该是满洲点心。我请教过满洲旗人，据告萨其玛是满文的蜜甜之意，我想大概是的。这东西是油炸黄米面条，像蜜供似的，但是很细很细，加上蜜拌匀，压成扁扁的一大块，上面洒上白糖和染红了的白糖，再加上一层青丝红丝，然后切成方形的块块。很甜，很软和，很好吃。如今全国各处无不制售萨其玛，块头太大太厚，面条太粗太硬，蜜太少，名存实亡，全不对劲。

蜂糕也是北平特产，有黄白两种，味道是一样的。是用糯米粉调制蒸成，呈微细蜂窝状，故名。质极松软，微黏，与甜面包大异其趣。内羼少许核桃仁，外裹以薄薄的豆腐皮以防粘着蒸器。蒸热再吃尤妙，最宜病后。

花糕月饼是秋季应时食品。北方的翻毛月饼，并不优于江南的月饼，更与广式月饼不能相比，不过其中有一种山楂馅的翻毛月饼，薄薄的小小的，我认为风味很好，别处所无。大抵月饼不宜过甜，不宜太厚，山楂馅带有酸味，故不觉其腻。至于花糕，则是北平独有之美点，在秋季始有发售，有粗细两品，有荤素两味。主要的是两片枣泥馅的饼，用模子制成，两片之间夹列胡桃、红枣、松子、葡萄干之类的干果，上面盖一个红戳子，贴几片芫荽叶。清李静山《都门汇纂》里有这样一首竹枝词：

中秋才过近重阳，
又见花糕各处忙。
面夹双层多枣栗，
当筵题句傲刘郎。

一般饽饽铺服务周到。我家小园有一架紫藤，花开累累，满树满枝，乃摘少许，洗净，送交饽饽铺代制藤萝饼，鲜花新制，味自不同。又红玫瑰初放（西洋品种肥大而艳，但少香气），亦常摘取花瓣，送交肆中代制玫瑰饼，气味浓馥，不比寻常。

说良心话，北平饼饵除上述几种之外很少有令人怀念的。有人艳称北平的"大八件""小八件"，实在令人难以苟同。所谓大八件无非是油糕、蓼花、大自来红、自来白等等，小八件不外是鸡油饼、卷酥、绿豆糕、槽糕之类。自来红、自来白乃是中秋上供的月饼，馅子里面有些冰糖，硬邦邦的，大概只宜于给兔爷儿吃。蓼花甜死人！绿豆糕噎死人！大八件、小八件如果装在盒子里，那盒子也吓人，活像一口小棺材，而木板尚未刨光。若是打个蒲包，就好看得多。

有所谓"缸捞"者，有人写作"干酪"，我不知究竟怎样写法。是圆饼子，中央微凸，边微薄，无馅，上面常洒上几许桂花，故称"桂花缸捞"。探视妇人产后，常携此为馈赠。此物松软合度，味道颇佳，我一向喜欢吃。后来听一位在外乡开点心铺的亲戚说，此物乃是聚集簸箩里的各种饽饽碎渣加水揉和再行烘制而成。然物美价廉不失为一种好的食品。"薄脆"也不错，又薄又脆。都算是平民食物。

"茯苓饼"其实没有什么好吃，沾光茯苓二字。《淮南子》："千年之松，下有茯苓。"茯苓是一种地下菌，生在山林中松根之下。李时珍说："盖松之神，灵之气，伏结而成。"无端给它加上神灵色彩，于是乃入药，大概吃了许有什么神奇之效。北平前门大街正明斋所制茯苓饼最负盛名，从前北人南游常携此物馈赠亲友。直到如今，有人从北平出来还带一盒茯苓饼给我，早已脆碎坚硬不堪入口。即使是新鲜的，也不过是飞薄的两片米粉糊烘成的饼，夹以黑乎乎的一些碎糖黑渣而已。

满洲饽饽还有一品叫作"桌张"，俗称饽饽桌子，是丧事人家常用的祭礼。半生不熟的白面饼子，稍加一些糖，堆积起来一层层的有好几尺高，放在灵前供台上的两旁。凡是本家姑奶奶之类的亲属没有不送饽饽桌子的。可壮观瞻，不堪食用。丧事过后，弃之可惜，照例分送亲友以及佣人小孩。我小时候遇见几次丧事，分到过十个八个这样的饽饽，童子无知，称之为"死人饽饽"，放在火炉口边烤熟，啃起来也还不错，比根本没有东西吃好一些。清人得硕亭竹枝词《草珠一串》有一首咏其事：

满洲糕点样原繁，
踵事增华不可言。
惟有桌张遗旧制，
几同告朔饩羊存。

216

糯米食 / 周作人

　　近年北京市上有糍粑可买，就使我很是高兴，因为我是喜欢糯米食的，虽然我们乡下没有糍粑，只有一种类似的东西叫作麻糍。糍粑的名称大概是通行于四川，它实在就是年糕，只是用糯米做的，乡下的年糕特别是水磨年糕也包含些糯米粉，但仍以粳米为主，而且做法也很不同。年糕是米磨了粉，蒸后再舂而成，糍粑乃是用米煮饭来舂，可以说是用糯米饭捣烂做成的。糍粑是整块的，吃法任便，麻糍的原料相同，却做成一个个烧饼似的，中间加上一点馅，豆沙或是芝麻糖，但在我小时候的记忆里，觉得糍粑比较好吃。中国点心里可惜不大利用糯米，只有在酒席上才用八宝饭，又有一个时期市上售卖甜酒酿，至于茶食铺里我就不大想得起什么东西来，除了只是在故乡才有的松子糕及其变相的橘红糕而已。要吃糯米食，唯一的办法是吃粽子，别处都在端午吃，乡下很特别地是在旧历过年的时候，家里自己制造，不要说加入栗子红枣的别有一种香味，就是普通的白米粽也非常好，不是市上所能及。广东和苏州式的豆沙火腿各样粽子当然也好，但小孩时所不知道的便似乎不是正宗，而且也不会觉得怎的好了。用糯米煮饭搁白糖，我可以吃一大碗，比一顿饭的分量还多，旧友中间只有一个人可以算得上与我同调，因此我这纪念糯米的小文，现在要找赞成人恐怕也就不可多得了吧。

锅巴 / 梁实秋

抗战时期后方餐馆有一道菜名为"轰炸东京"，实在就是虾仁锅巴汤。侍者一手端着一大碗油炸锅巴，一手端着一小碗烩虾仁，锅巴放在桌上之后立即把烩虾仁浇上去，吱啦一声响，食客大悦，认为这一声响仿佛就是东京被轰炸了，心里一高兴，食欲顿开。有人说这个菜名取得无聊，取快一时，形同儿戏。也有人说，抗战时期一切都该与抗战有关，与抗战无关的东西也要加上与抗战有关的名义。这虾仁锅巴汤，命名为轰炸东京，可以提高士气，有什么不好？难道你不想轰炸东京么？听说后来我们以德报怨结束抗战之后，还有人一度改"轰炸东京"为"轰炸莫斯科"呢。这且不谈。锅巴一定要炸得滚烫，烩虾仁要同时做好，趁热上桌。厨房和食桌不能距离太远，侍者不能迈方步，要争取时间，否则烩虾仁浇上去闷无声响，那就很泄气了，事实上泄气的场面较为常见。

锅巴，一称锅底饭。北人煮米半熟辄捞出置笼屉中蒸而食之，无所谓锅巴。南人率皆用锅煮米至熟为止，因此锅底有一层焦饭。焦饭特别香。《南史·潘综传》："宋初，吴郡人陈遗，少为郡吏，母好食锅底饭，遗在役，恒带一囊，每煮食，辄录其焦以奉母。"以焦饭奉母，人称为纯孝。锅巴本身确是别有滋味，不必油炸。现在店肆出售的锅巴乃大量制造，雪白的，炸得酥脆，包装起来当作一种零食点心，非复往昔之锅底饭了。

锅巴汤不一定要浇以烩虾仁，以我所知，口蘑锅巴汤味乃更胜一筹。所谓口蘑是指张家口一带出产的蘑菇，形状与味道和香蕈、冬菇不同。有人说，蒙古人吃牛羊肉，剩下的汤汤水水泼在树根朽木之上，长出来的菌类便是口蘑，味道当然不同。但是也有人说，口蘑是牛马粪溺滋养出来的。果如后说，口蘑岂非类似北平俗语所谓的"狗尿台"？我相信口蘑还是人工培植出来的，上什么肥料就不得而知了。口蘑有大有小，愈小味愈浓，顶小的一种号称口蘑丁，大小略如纽扣，细小齐整，上面还带着一层白霜，美观极了。抗战前夕，平绥路局长以专车邀我们几个学界的朋友（有顾毓琇、吴景超夫妇、庄前鼎、杨伯屏及下走）游大同云冈，归途经张家口小停，我以三十余元买了半斤上好的道地的口蘑丁，那时候三十余元就是小学教师一月的薪给。蘑菇丁很容易发开，用以制口蘑锅巴汤或打卤作汤面都是无上妙品。

时下常吃到的虾仁锅巴汤，往往锅巴不够脆，虾仁复加大量番茄酱，稠乎乎的一大碗，根本不像是汤，样子恶劣。此地无口蘑，从外国来的朋友偶尔带一包口蘑相赠，相当珍贵，但还不是口蘑丁，而且附带着的细沙，洗十次八次也洗不干净，吃到嘴里牙碜，味道也不够浓厚。

记爱窝窝 / 周作人

　　爱窝窝为北京极普通的食物：其名义乃不甚可解，载籍中亦少记录，《燕都小食品杂咏》中有爱窝窝一首，注中亦只略疏其形状，云回人所售食品之一而已。阅李光庭著《乡言解颐》卷五载刘宽夫《日下七事诗》，末章中说及爱窝窝，小注云：

　　　　窝窝以糯米粉为之，状如元宵粉荔，中有糖馅，
　　　蒸熟外掺薄粉，上作一凹，故名窝窝。田间所食则
　　　用杂粮面为之，大或至斤许，其下一窝如白而覆之。

> 茶馆所制甚小，曰爱窝窝，相传明世宫中有嗜之者，
> 因名御爱窝窝，今但曰爱而已。

说甚详明，爱窝窝与窝窝头的关系得以明了，所记传说亦颇近理，近世不有仿膳之小窝窝头乎？正可谓无独有偶。诗为丙午作，盖是道光二十六年，书则在三年后所刊也。七月廿七日记于北平。

窝头 / 梁实秋

窝窝头，简称窝头，北方平民较贫苦者的一种主食。贫苦出身者，常被称为啃窝头长大的。一个缩头缩脑满脸穷酸相的人，常被人奚落："瞧他那个窝头脑袋！"变戏法的卖关子，在紧要关头停止表演向围观者讨钱，好多观众便哄然逃散，变戏法的急得跳着脚大叫："快回家去吧，窝头煳（煳是烧焦的意思）啦！"坐人力车如果事前未讲价钱，下车付钱，有些车夫会伸出朝上的手掌，大汗淋漓地喘吁吁地说："请您回回手，再赏几个窝头钱吧！"

总而言之，窝头是穷苦的象征。

　　到北平观光过的客人，也许在北海仿膳吃过小窝头。请不要误会，那是噱头。那小窝头只有一英寸高的样子，一口可以吃一个。据说那小窝头虽说是玉米面做的，可是羼了栗子粉，所以松软容易下咽。我觉得这是拿穷人开心。

　　真正的窝头是玉米做的，玉米磨得不够细，粗糙得刺嗓子，所以通常羼黄豆粉或小米面，称之为杂和面。杂和面窝头是比较常见的。制法简单，面和好，抓起一团，翘起右手大拇指伸进面团，然后用其余的九个手指围绕着那个大拇指搓搓捏捏使成为一个中空的塔。所以窝头又名黄金塔。因为捏制时是一个大拇指在内九个手指在外，所以又称"里一外九"。

　　窝头是要上笼屉蒸的，蒸熟了黄澄澄的，喷香。有人吃一个窝头，要赔上一个酱肘子，让那白汪汪的脂肪陪送窝头下肚。困难在吃窝头的人通常买不起酱肘子，他们经常吃的下饭菜是号称为"棺材板"的大腌萝卜。

　　据营养学家说，纯粹就经济实惠而言，最值得吃的食物盖无过于窝头。玉米面虽非高蛋白食物，但是纤维素甚为丰富，而且其胚芽玉米糁的营养价值极高，富有维生素 B 多种，比白米白面不知高出多少。难怪北方的劳苦大众几乎个个长得比较高大粗壮。吃粗粮反倒得福了。杜甫诗"百年粗粝腐儒餐"，现在粗粝已不再仅是腐儒餐了，餍膏粱者也要吃糙粮。

　　我不是啃窝头长大的，可是我祖父母为了不忘当年贫苦的出身，在后院避风的一个角落里砌了一个一尺多高的大灶，放一只头号的铁锅，春暖花开的时候便烧起柴火，在笼屉里蒸窝头。这一天全家上下的晚饭就是窝头、棺材板、白开水。除了蒸窝头之外，也贴饼子，把和好的玉米粉抓一把弄成舌形的一块，往干锅上贴，加盖烘干，一面焦。再不然就顺便蒸一屉榆钱糕，后院现成的一棵大榆树，新生出一簇簇的榆钱，取下洗净和玉米面拌在一起蒸，蒸熟之后人各一碗，浇上一大勺酱油麻油汤子拌葱花，别有风味。我当时年纪小，没能懂得其中的意义，只觉得好玩。现在我晓得，大概是相当于美国人感恩节之吃火鸡。我们要感谢上苍赐给穷人像玉米这样的珍品。不过人光吃窝头是不行的，还是需要相当数量的蛋白质和脂肪。

自从宣统年间我祖父母相继去世，直到如今，已有七十多年没尝到窝头的滋味。我不想念窝头，可是窝头的形象却不时地在我心上涌现。我怀念那些啃窝头的人，不知道他们是否仍像从前一样地啃窝头，抑是连窝头都没得啃。前些日子，友人贻我窝头数枚，形色滋味与我所知道的完全相符，大有类似"他乡遇故人"之感。

贫不足耻。贫乃士之常，何况劳苦大众。不过打肿脸充胖子是人之常情，谁也不愿在人前暴露自己的贫穷。贫贱骄人乃是反常的激愤表示，不是常情。原先穷，他承认穷，不承认病，其实就整个社会而言，贫是病。我知道有一人家，主人是小公务员，食者众多，每餐吃窝头，于套间进食，严扃其门户，不使人知。一日，忘记锁门，有熟客来排闼直入，发现全家每人捧着一座金字塔，主客大窘，几至无地自容。这个人家的子弟，个个发愤图强，皆能卓然自立，很快地就脱了窝头的户籍。

北方每到严冬，就有好心的人士发起窝窝头会，是赈济穷人的慈善组织。仁者用心，有足多者。但是嗟来之食，人所难堪，如果窝窝头会，能够改个名称，别在穷人面前提起窝头，岂不更妙？

窝窝头的历史 / 周作人

北方杂粮以玉米为主，玉米粉称为棒子面，亦称杂和面。因为俗称玉米为棒子，故得此名。南方人不懂，故有误解。从前的小说上，说穷苦妇女流着眼泪，把棒子面往嘴里送。玉米面中掺和豆面在内，故称杂和，其实如果三七比例的掺入，就特别显得香甜，所以不算是什么粗粮，不过做成窝窝头，乃有似黑面包，普通当作穷人的食粮罢了。南方如浙东台州等处，老百姓也通常吃玉米面，却称作六谷糊。我住在杭州时，一个姓宋的保姆是台州人，经常带来吃，里边加上白薯，小时候倒觉得是很好吃的。普通做了饼来吃，便是所谓窝窝头，乃是做成圆锥形，而空其中，有拳头那么大，因为底下是个窝，故得是名。老百姓吃这东西，大概起源很早，历史上找不着记录，当起于有玉米的时候了。本来这些事用不着努力去找它的缘起，现在不过如偶尔找到一点记录，知道在什么时代已经有过，那也未始不是很有意思的事吧。

窝窝头起源的历史是不可考了，但我们知道至少在明朝已经有这个名称，即是去今有三百多年的历史了。李光庭著《乡言解颐》卷五，载刘宽夫《日下七事诗》，末章中说及"爱窝窝"，小注云，"窝窝以糯米粉为之，状如元宵粉荔，中有糖馅，蒸熟外糁薄粉，上作一凹，故名窝窝。田间所食则用杂粮面为之，大或至斤许，其下一窝如臼而覆之。茶馆所制甚小，曰爱窝窝，相传明世中宫有嗜之者，因名御爱窝窝，今但曰爱而已"。照这样说，爱窝窝由于御爱窝窝的缩称，那么可见窝窝头的名称在明朝那时候已经有了。这也就是说，农民用玉米面做这种食品，用这个名称，也已经很久了。

天下事无独有偶，窝窝头的故事还有下文。北海公园有一家饭馆名叫"仿膳"，是仿御膳房的做法的意思。他们的有名食品里边，便有一种"小窝窝头"，据说是从前做来"供御"的，用栗子粉和入，现在则只以黄豆玉米粉加糖而已。所以北京市面上除真正窝窝头以外，还有两种爱窝窝与小窝窝头，留下一点历史的痕迹。"窝窝头"极是微小的东西，但不料有这么一段有意思的历史，可见在有些吃食东西上如加以考究，也一定有许多事情可以发现的。

吃心妄想

厨房 / 梁实秋

从前有教养人家的子弟，永远不走进下房或是厨房，下房是仆人起居之地，厨房是庖人治理膳馐之所，湫隘卑污，故不宜侧身其间。厨房多半是在什么小跨院里，或是什么不显眼的角落（旮旯儿），而且常常是邻近溷厕。孟子有"君子远庖厨"之说，也是基于"眼不见为净"的道理。在没有屠宰场的时候，杀牛宰羊均须在厨中举行，否则远庖厨作甚？尽管席上的重珍兼味美不胜收，而那调和鼎鼐的厨房却是龌龊脏乱，见不得人。试想，煎炒烹炸，油烟迷蒙而无法宣泄，烟熏火燎，煤渣炭屑经常地月累日积，再加上老鼠横行，蚊蝇乱舞，蚂蚁蟑螂之无孔不入，厨房焉得不脏？当然厨房也有干净的，想郇公厨香味错杂，一定不会令人望而却步，不过我们的传统厨房多少年来留下的形象，大家心里有数。

埃及废王法鲁克，当年在位时，曾经游历美国，看到美国的物质文明，光怪陆离，目不暇接，对于美国家庭的厨房之种种设备，尤其欢喜赞叹。临归去时，他便订购了最豪华的厨房设备全套，运回国去。他的眼光是很可佩服的，他选购的的确是美国文化精粹的一部分。虽然那一套设备运回去之后，曾否利用，是否适用，因为没有情报追踪，我们不得而知，但是我们知道埃王陛下一顿早点要吃二十个油煎荷包蛋，想来御膳的规模必不在小，美国式家庭厨房的设备是否能胜负荷，就很难说。

美式厨房是以主妇为中心而设计的。所占空间不大，刚好容主持中馈的人站在中间有回旋的余地。炉灶用电，不冒烟，无气味，下面的空箱放置大大小小的煮锅和平底煎锅，俯拾即是。抬头有电烤箱或是微波烤箱，烤鸡烤鸭烤盆菜，烘糕烘点烘面包，自动控制，不虞烧焦。左手有沿墙一般长的料理台，上下都是储柜抽屉，用以收藏盘碗餐具，墙上有电插头，供电锅、烤面包器、绞肉机、打蛋器之类使用。台面不怕刀切不怕烫。右边是电冰箱，一个不够可以有两个。转过身来是洗涤槽，洗菜洗锅洗碗，渣渣末类的东西（除了金属之外）

全都顺着冷热水往下冲，开动电钮就可以听见呼噜呼噜的响声，底下一具绞碎机（disposal）发动了，把一切的渣滓弃物绞成了碎泥冲进下水道里。下水道因此无阻塞之虞。左手有个洗碗机，冲干净了的碟碗插列其间，装上肥皂粉，关上机门开动电钮，盘碗便自动洗净而且吹干。在厨做饭的人真是有左右逢源进退自如之感。

　　美式厨房也非尽善尽美。至少寓居美国而坚持不忘唐餐的人就觉得不大方便。唐餐讲究炒菜，这个"炒"字是美国人所不能领略的。炒菜要用锅，尖底的铁锅（英文为 wok，大概是粤语译音），西式平底锅只宜烙饼煎蛋，要想吃葱爆牛肉片榨菜炒肉丝什么的，非尖底锅不办，否则翻翻搅搅掂掂那几下子无从施展。而尖底锅放在平平的炉灶上，摇摇晃晃，又非有类似"支锅碗"的东西不可，炒菜有时需要旺油大火，不如此炒出来的东西不嫩。过去有些中国餐馆大师傅，嫌火不够大，不惜舀起大勺猪油往灶口里倒，使得火苗骤旺，电灶火力较差，中国人用电灶容易把电盘烧坏，也就是因为烧得太旺太久之故。火大油旺，则油烟必多。灶上的抽烟机所发挥的作用有限，一顿饭做下来，满屋子是油烟，寝室客厅都不能免。还有外国式的厨房不备蒸笼，所谓双层锅，具体而微，可以蒸一碗蛋羹而已。若想做小笼包，非从国内购运柳木制的蒸笼不可，一层屉不够要两三层，摆在电灶上格格不入。铝制的蒸锅，有干净相，但是不对劲。

人在国外而顿顿唐餐，则其厨房必定走样。我有一位朋友，高尚士也，旅居美国多年，贤伉俪均善烹调，热爱我们的固有文化，蒸、炒、烹、煎，无一不佳。我曾叨扰郇公厨，坐在客厅里，但见厨房门楣之上悬一木牌写着两行文字，初以为是什么格言之类，趋前视之，则是一句英文，曰："我们保留把我们自己的厨房弄得乱七八糟的权利。"当然这是给洋人看的。我推门而入，所谓乱七八糟是谦词，只是东西多些，大小铁锅蒸笼，油钵醋瓶，各式各样的作料器皿，纷然杂陈，随时待用。做中国菜就不能不有做中国菜的架势。现代化的中国厨房应该是怎个样子，尚有待专家设计。

我国自古以来，主中馈的是女人，虽然解牛的庖丁一定是男人。《易·家人》："无攸遂，在中馈，贞吉。"疏曰："妇人之道，巽顺为常，无所必遂，其所职主在于家中馈食供祭而已。"所以新妇三日便要入厨洗手做羹汤，多半是在那黑黢黢又脏又乱的厨房里打转一直到老。我知道一位缠足的妇人，在灶台前面一站就是几个钟头，数十年如一日，到了老年两足几告报废，寸步难移。谁说男子可以不入厨房？假如他有时间、有体力、有健康的观念，应该没有阻止他进入厨房的理由。有一次我在厨房擀饺子皮，系着围裙，满手的面粉，一头大汗，这时候有客来访，看见我的这副样子大为吃惊，他说："我是从来不进厨房的，那是女人去的地方。"我听了报以微笑。不过他说的话不是没有事实根据，绝大多数的女人是被禁锢在厨房里，而男人不与焉。今天之某些职业妇女常得意忘形地讽主持中馈的人为"在厨房上班"。其实在厨房上班亦非可耻之事，我们的母亲祖母曾祖母有几个不在厨房上班？在妇女运动如火如荼的美国，妇女依然不能完全从厨房里"解放"出来。记得某处妇女游行，有人高举木牌，上面写着"停止烧饭，饿死那些老鼠"！老鼠饿不死的，真饿急了他会乖乖地自己去烧饭。

几家老饭馆 / 汪曾祺

东月楼。东月楼在护国路，这是一家地道的云南饭馆。其名菜是锅贴乌鱼。乌鱼两片，去其边皮，大小如云片糕，中夹宣威火腿一片，于平铛上文火烙熟，极香美。宜酒宜饭，也可作点心。我在别处未吃过，在昆明别家饭馆也未吃过，信是人间至味。

东月楼另一名菜是酱鸡腿。入味，而鸡肉不"柴"。

映时春。映时春在武成路东口，这是一家不大不小的饭馆。最受欢迎的菜是油淋鸡。生鸡剁为大块，以热油反复浇灼，至熟，盛以一尺二寸的大盘，蘸花椒盐吃，皮酥肉嫩。一盘上桌，顷刻无余。

映时春还有两道菜为别家所无。一是雪花蛋。乃以温油慢炒鸡蛋清，上洒火腿细末。雪花蛋比北方饭馆的芙蓉鸡片更为细嫩。然无宣腿细末则无以发其香味。如用蛋黄，以同法炒之，则名桂花蛋。

这是一个两层楼的饭馆。楼下散座，卖冷荤小菜，楼上卖热炒。楼上有两张圆桌，六张大八仙桌，座位经常总是满的。招呼那么多客人，却只有一个堂倌。这位堂倌真是能干。客人点了菜，他记得清清楚楚（从前的饭馆是不记菜单的），随即向厨房里大声报出菜名。如果两桌先后点了同一样菜，就大声追加一句："番茄炒鸡蛋一作二（一锅炒两盘）。"听到厨房里锅铲敲炒的声音，知道什么菜已经起锅，就飞快下楼（厨房在楼下，在店堂之里，菜炒得了，由墙上一方窗口递出），转眼之间，又一手托一盘菜，飞快上楼，脚踩楼梯，噔噔噔噔，麻溜之至。他这一天上楼下楼，不知道有多少趟。累计起来，他一天所走的路怕有几十里。客人吃完了，他早已在心里把账算好，大声向楼下账桌报出钱数：下来几位，几十元几角。他的手、脚、嘴、眼一刻不停，而头脑清晰灵敏，从不出错，这真是个有过人精力的堂倌。看到一个精力旺盛的人，是叫人高兴的。

贴秋膘 / 汪曾祺

　　人到夏天，没有什么胃口，饭食清淡简单，芝麻酱面（过水，抓一把黄瓜丝，浇点花椒油），烙两张葱花饼，熬点绿豆稀粥……两三个月下来，体重大都要减少一点。秋风一起，胃口大开，想吃点好的，增加一点营养，补偿补偿夏天的损失，北方人谓之"贴秋膘"。

　　北京人所谓"贴秋膘"有特殊的含意，即吃烤肉。

　　烤肉大概源于少数民族的吃法。日本人称烤羊肉为"成吉思汗料理"（青木正《中华腌菜谱》里提到），似乎这是蒙古人的东西。但我看《元朝秘史》，并没有看到烤肉。成吉思汗当然是吃羊肉的，"秘史"里几次提到他到了一个什么地方，吃了一只"双母乳的羊羔"。羊羔而是"双母乳"（两只母羊喂奶）的，想必十分肥嫩。一顿吃一只羊羔，这食量是够可以的。但似乎只是白煮，即便是烤，也会是整只的烤，不会像北京的烤肉一样。如果是北京的烤肉，他吃起来大概也不耐烦，觉得不过瘾。我去过内蒙几次，也没有在草原上吃过烤肉。那么，这是不是蒙古料理，颇可存疑。北京卖烤肉的，都是回民馆子。"烤肉宛"原来有齐白石写的一块小匾，写得明白："清真烤肉宛"，这块匾是写在宣纸上的，嵌在镜框里，字写得很好，后面还加了两行注脚："诸书无烤字，应人所请自我作古。"我曾写信问过语言文字学家朱德熙，是不是古代没有"烤"字，德熙复信说古代字书上确实没有这个字。看来"烤"字是近代人造出来的字了。这是不是回民的吃法？我到过回民集中的兰州，到过新疆的乌鲁木齐、伊犁、吐鲁番，都没有见到如北京烤肉一样的烤肉。烤羊肉串是到处有的，但那是另外一种。北京的烤肉起源于何时，原是哪个民族的，已不可考。反正它已经在北京生根落户，成了北京"三烤"（烤肉、烤鸭、烤白薯）之一，是"北京吃儿"的代表作了。

北京烤肉是在"炙子"上烤的。"炙子"是一根一根铁条钉成的圆板，下面烧着大块的劈柴，松木或果木。羊肉切成薄片（也有烤牛肉的，少），由堂倌在大碗里拌好作料——酱油，香油，料酒，大量的香菜，加一点水，交给顾客，由顾客用长筷子平摊在炙子上烤。"炙子"的铁条之间有小缝，下面的柴烟火气可以从缝隙中透上来，不但整个"炙子"受火均匀，而且使烤着的肉带柴木清香；上面的汤卤肉屑又可填入缝中，增加了烤炙的焦香。过去吃烤肉都是自己烤。因为炙子颇高，只能站着烤，或一只脚踩在长凳上。大火烤着，外面的衣裳穿不住，大都脱得只穿一件衬衫。足蹬长凳，解衣磅礴，一边大口地吃肉，一边喝白酒，很有点剽悍豪霸之气。满屋子都是烤炙的肉香，这气氛就能使人增加三分胃口。平常食量，吃一斤烤肉，问题不大。吃斤半，二斤，二斤半的，有的是。自己烤，嫩一点，焦一点，可以随意。而且烤本身就是个乐趣。

北京烤肉有名的三家：烤肉季、烤肉宛、烤肉刘。烤肉宛在宣武门里，我住在国会街时，几步就到了，常去。有时懒得去等炙子（因为顾客多，炙子常不得空），就派一个孩子带个饭盒烤一饭盒，买几个烧饼，一家子一顿饭，就解决了。烤肉宛去吃过的名人很多。除了齐白石写的一块匾，还有张大千写的一块。梅兰芳题了一首诗，记得第一句是"宛家烤肉旧驰名"，字和诗当然是许姬传代笔。烤肉季在什刹海，烤肉刘在虎坊桥。

从前北京人有到野地里吃烤肉的风气。玉渊潭就是个吃烤肉的地方。一边看看野景，一边吃着烤肉，别是一番滋味。听玉渊潭附近的老住户说，过去一到秋天，老远就闻到烤肉香味。

北京现在还能吃到烤肉，但都改成由服务员代烤了端上来，那就没劲了。我没有去过。内蒙也有"贴秋膘"的说法，我在呼和浩特就听到过。不过似乎只是汉族干部或说汉语的蒙族干部这样说。蒙语有没有这说法，不知道。呼市的干部很愿意秋天"下去"考察工作或调查材料。别人就会说："哪里是去考察，调查，是去'贴秋膘'去了。"呼市干部所说"贴秋膘"是说下去吃羊肉去了。但不是去吃烤肉，而是去吃手把羊肉。到了草原，少不了要吃几顿羊肉。有客人来，杀一只羊，这在牧民实在不算什么。关于手把羊肉，我曾写过一篇文章，收入《蒲桥集》，兹不重述。那篇文章漏了一句很重要的话，即羊肉要秋天才好吃，大概要到阴历九月，羊才上膘，才肥。羊上了膘，人才可以去"贴"。

五味 / 汪曾祺

　　山西人真能吃醋！几个山西人在北京下饭馆，坐定之后，还没有点菜，先把醋瓶子拿过来，每人喝了三调羹醋。邻座的客人直瞪眼。有一年我到太原去，快过春节了。别处过春节，都供应一点好酒，太原的油盐店却都贴出一个条子："供应老陈醋，每户一斤。"这在山西人是大事。

　　山西人还爱吃酸菜，雁北尤甚。什么都拿来酸，除了萝卜白菜，还包括杨树叶子、榆树钱儿。有人来给姑娘说亲，当妈的先问，那家有几口酸菜缸。酸菜缸多，说明家底子厚。

　　辽宁人爱吃酸菜白肉火锅。

北京人吃羊肉酸菜汤下杂面。

福建人、广西人爱吃酸笋。我和贾平凹在南宁，不爱吃招待所的饭，到外面瞎吃。平凹一进门，就叫："老友面！""老友面"者，酸笋肉丝汆汤下面也，不知道为什么叫作"老友"。

傣族人也爱吃酸。酸笋炖鸡是名菜。

延庆山里夏天爱吃酸饭。把好好的饭捂酸了，用井拔凉水一和，呼呼地就下去了三碗。

都说苏州菜甜，其实苏州菜只是淡，真正甜的是无锡。无锡炒鳝糊放那么多糖！包子的肉馅里也放很多糖，没法吃！

四川夹沙肉用大片肥猪肉夹了洗沙蒸，广西芋头扣肉用大片肥猪肉夹芋泥蒸，都极甜，很好吃，但我最多只能吃两片。

广东人爱吃甜食。昆明金碧路有一家广东人开的甜品店，卖芝麻糊、绿豆沙，广东同学趋之若鹜。"番薯糖水"即用白薯切块熬的汤，这有什么好喝的呢？广东同学曰："好嘢！"

北京人不是不爱吃甜，只是过去糖难得。我家曾有老保姆，正定乡下人，六十多岁了。她还有个婆婆，八十几了。她有一次要回乡探亲，临行称了两斤白糖，说她的婆婆就爱喝个白糖水。

北京人很保守，过去不知苦瓜为何物，近年有人学会吃了。菜农也有种的了。农贸市场上有很好的苦瓜卖，属于"细菜"，价颇昂。

北京人过去不吃蕹菜，不吃木耳菜，近年也有人爱吃了。

北京人在口味上开放了！

北京人过去就知道吃大白菜。由此可见，大白菜主义是可以被打倒的。

北方人初春吃苣荬菜。苣荬菜分甜荬、苦荬，苦荬相当的苦。

有一个贵州的年轻女演员上我们剧团学戏，她的妈妈不远迢迢给她寄来一包东西，是"折耳根"，或名"则尔根"，即鱼腥草。她让我尝了几根。这是什么东西？苦，倒不要紧，它有一股强烈的生鱼腥味，实在招架不了！

剧团有一干部，是写字幕的，有时也管杂务。此人是个吃辣的专家。他每天中午饭不吃菜，吃辣椒下饭。全国各地的，少数民族的，各种辣椒，他都千方百计地弄来吃，剧团到上海演出，他帮助搞伙食，这下好，不会缺辣椒吃。原以为上海辣椒不好买，他下车第二天就找到一家专卖各种辣椒的铺子。上海人有一些是能吃辣的。

我的吃辣是在昆明练出来的，曾跟几个贵州同学在一起用青辣椒在火上烧烧，蘸盐水下酒。平生所吃辣椒之多矣，什么朝天椒、野山椒，都不在话下。我吃过最辣的辣椒是在越南。一九四七年，由越南转道往上海，在海防街头吃牛肉粉，牛肉极嫩，汤极鲜，辣椒极辣，一碗汤粉，放三四丝辣椒就辣得不行。这种辣椒的颜色是橘黄色的。在川北，听说有一种辣椒本身不能吃，用一根线吊在灶上，汤做得了，把辣椒在汤里涮涮，就辣得不得了。云南佤伲族有一种辣椒，叫"涮涮辣"，与川北吊在灶上的辣椒大概不相上下。

四川不能说是最能吃辣的省份，川菜的特点是辣且麻——搁很多花椒。四川的小面馆的墙壁上黑漆大书三个字：麻辣烫。麻婆豆腐、干煸牛肉丝、棒棒鸡，不放花椒不行。花椒得是川椒，捣碎，菜做好了，最后再放。

周作人说他的家乡整年吃咸极了的咸菜和咸极了的咸鱼，浙东人确实吃得很咸。有个同学，是台州人，到铺子里吃包子，掰开包子就往里倒酱油。口味的咸淡和地域是有关系的。北京人说南甜北咸东辣西酸，大体不错。河北、东北人口重，福建菜多很淡。但这与个人的性格习惯也有关。湖北菜并不咸，但闻一多先生却嫌云南蒙自的菜太淡。

中国人过去对吃盐很讲究，如桃花盐、水晶盐，"吴盐胜雪"，现在则全国都吃再制精盐。只有四川人腌咸菜还坚持用自贡产的井盐。

我不知道世界上还有什么国家的人爱吃臭。

　　过去上海、南京、汉口都卖油炸臭豆腐干。长沙火宫殿的臭豆腐因为一个大人物年轻时常吃而出名。这位大人物后来还去吃过，说了一句话："火宫殿的臭豆腐还是好吃。"文化大革命中火宫殿的影壁上就出现了两行大字：

　　最高指示：

　　火宫殿的臭豆腐还是好吃。

　　我们一个同志到南京出差，他的爱人是南京人，嘱咐他带一点臭豆腐干回来。他千方百计，居然办到了。带到火车上，引起一车厢的人强烈抗议。

　　除豆腐干外，面筋、百叶（千张）皆可臭。蔬菜里的莴苣、冬瓜、豇豆皆可臭。冬笋的老根咬不动，切下来随手就扔进臭坛子里。——我们那里很多人家都有个臭坛子，一坛子"臭卤"。腌芥菜挤下的汁放几天即成"臭卤"。臭物中最特殊的是臭苋菜杆。苋菜长老了，主茎可粗如拇指，高三四尺，截成二寸许小段，入臭坛。臭熟后，外皮是硬的，里面的芯成果冻状。嚼住一头，一吸，芯肉即入口中。这是佐粥的无上妙品。我们那里叫作"苋菜秸子"，湖南人谓之"苋菜咕"，因为吸起来"咕"的一声。

　　北京人说的臭豆腐指臭豆腐乳。过去是小贩沿街叫卖的：

"臭豆腐，酱豆腐，王致和的臭豆腐。"臭豆腐就贴饼子，熬一锅虾米皮白菜汤，好饭！现在王致和的臭豆腐用很大的玻璃方瓶装，很不方便，一瓶一百块，得很长时间才能吃完，而且卖得很贵，成了奢侈品。我很希望这种包装能改进，一器装五块足矣。

我在美国吃过最臭的"气死"（干酪），洋人多闻之掩鼻，对我实在没有什么，比臭豆腐差远了。

甚矣，中国人口味之杂也，敢说堪为世界之冠。

"啤酒" 啤酒 / 梁实秋

　　两年前有一天我的女儿文蔷拿来三罐啤酒，分别注入三个酒杯，她不告诉我各个的牌名，要我品尝一下，何者为最优。我端起酒杯，先放在鼻下一嗅，轻轻浅尝一口，在舌端品味，然后含一大口在嘴里停留一下再咕噜一声下咽，好像我真懂品酒似的。三杯品尝过后，迟疑了一阵，下判断说："这一杯比较最香最美。"她笑着记下我所投的一票。

　　然后她另换三个杯子，也各注入不同商标的啤酒，要我的外孙邱君达来品尝。他已成年，可以喝酒。他喝了之后，皱皱眉头，说："我认为这一杯最好。"她又记下了他所投的一票。

　　她再换三杯，斟满了酒，要我的即将成年的外孙君迈参加评判。他一杯一大口，耸肩摊手，说："差不太多，比较这一杯较佳。"她又记下他的一票。

　　她说："现在我要宣布品评的结果了。我选的三种不同的啤酒，第一种是瑞尼尔啤酒，是有名的老牌子……"我证实她的话说："不错，是老牌子，我在六十九年前就喝过瑞尼尔啤酒，那时候美国正在禁酒，但是啤酒不禁，所以我很喝过些瓶。那时候啤酒尚无罐装，只有大小两种玻璃瓶装。我喝惯了站人牌、太阳牌啤酒，初喝瑞尼尔牌觉得味淡而香，留有很好印象。透明的玻璃瓶，标签上印着西雅图附近山巅积雪的瑞尼尔山。"她接着说："第二种是奥仑比克啤酒。"我立即忆起十年前参观过的西雅图南边的奥仑比克啤酒厂，厂房规模不小，参观者络绎不绝，分批由专人讲解招待，展示啤酒酿造过程，最后飨客啤酒一大杯。此后我常喝奥仑比克啤酒。酒罐上有一句标语：It's the water（是由于水好），这句话很传神。她最后介绍第三种，没有牌名，本地人称之为"啤酒"啤酒（"Beer" beer）。

　　这就怪了。什么叫作"啤酒"啤酒？

　　我们一致投票的结果认为最好的啤酒正是这个没有牌名的啤酒，正式的名称是 generic beer（无牌名的啤酒）。罐头上糊一张白纸，没有任何色彩图样和宣传文字，只有一个粗笔大字 Beer。看起来真不起眼，没有尝试过的人不敢轻易选用。本地人无以名之，名之为"啤酒"啤酒。

这个试验是有意义的，证明货的好坏不一定依赖牌名或厂家的名义，更不在于装潢，较可靠的方法是由消费者自己实际直接辨别。某一牌名或厂家的出品，能在市场建立信用，受人欢迎，当然有其理由，绝非幸致。但是老牌子的出品未必全能长久保持原来的品质，新牌子的出品亦未必全是后来居上。因此消费者要提高警觉。

货物的包装是一门学问。包装要结实，又要轻巧；要有图案，又要不讨厌；要有色彩，又要不庸俗。要有第一流的好手投入包装设计的工作里，要肯不惜工本地在包装上精益求精。佛要金装，人要衣装，货品要包装。

广告是推销术的一大重要项目。要使用各种技巧，抓住人的注意，引起人的好奇，诱发人的欲望，而时常以利用人的弱点为最厉害的手段，并且以连续不断的方式在大众面前出现，使人于不知不觉之中接受暗示，以达到销售的目的，广告的费用是成本的一部分。

无牌名货品在观念上是一项革新，亦可说是一种反动。为要达到物美价廉的目的，不要装潢，不做广告，赤裸裸地以本来面目在货架上与人相见。以"啤酒"啤酒来说，其价格仅约为其他名牌啤酒之一半，而其品质之高为众所公认。

无牌名货物之出现首先是在法国，时为一九七六年。有一系列的连锁超级市场名"家乐福"（Carrefour）者，推出几种无牌名的商品，立即从法国推展到美国的芝加哥，先是珍宝食物商品（Jewel Grocers）采用，随即蔓延到全美各超级市场。以塔科玛为根据地的西海岸食品商店（West Coast Grocers），是推销无牌名商品的一大重镇。西雅图东北区则以阿伯孙超级市场为主要推销处，在全部食物销售量中约占百分之二，但是前势看好。有些超级市场让出整行的货架陈列无牌物品，如花生酱、纸巾、啤酒之类。也有些超级市场拒售无牌商品，如 Safeway 及 Thriftway，他们推出本厂特产的商品，以与无牌商品抗衡。也有人指责无牌商品的品质欠佳，例如阿伯孙市场出售之无牌香草冰淇淋，有人说气泡多而奶油少。但是一般而论，责难的情形很少。至少"啤酒"啤酒的声誉日隆。出产这种啤酒的是华盛顿州温哥华的大众酿造公司（General Brewing CO.），于一九七九年十一月开始上市，现已成为市场上的热门货品，在西部有六州发售。由于生产能力的限度，已无法再行扩展业务。

并不是人人都喜爱物美价廉的东西。也有人要于物美之外还要价昂，因为价昂可以满足另外一种欲望，显得自己高人一等，属于富裕的阶级，所以"啤酒"啤酒尽管是物美价廉，仍有人不惜加以摒斥，私下里喝未尝不可，公开用以待客好像是有伤体面了。

我爱"啤酒"啤酒，不仅是因为物美价廉，实乃借此表示我对于一般夸张不实的广告之厌恶。我们为什么要受某些骗人的广告的愚弄？为什么要负担不必要的广告费用、装潢费用？

我的大女儿文茜远道来探亲，文蔷知道乃姊嗜饮，问我预备什么酒好，我不假思索，脱口而出地说："'啤酒'啤酒。"

腌猪肉 / 梁实秋

英国爱塞克斯有一小城顿冒，任何一对夫妻来到这个地方，如果肯跪在当地教堂门口的两块石头上，发誓说结婚后整整十二个月之内从未吵过一次架，从未起过后悔不该结婚之心，那么他们便可获得一大块腌熏猪肋肉。这风俗据说起源甚古，是一一一一年一位贵妇名纠噶（Juga）者所创设，后来于一二四四年又由一位好事者洛伯特·德·菲兹瓦特（Robert de Fitzwalter）所恢复。据说一二四四至一七七二年，五百多年间只有八个人领到了这项腌猪肉奖。这风俗一直到十九世纪末年还没有废除，据说后来实行的地点搬到了伊尔福（Ilford）。文学作品里提到这腌猪肉的，最著者为乔叟《坎特伯来故事集》巴兹妇人的故事序，有这样的两行：

The bacon was nought fet for him，I trowe，
That some men feche in Essex at Dunmow.
有些人在爱塞克斯的顿冒领取猪肉，我知道他
无法领到。

　　五百多年才有八个人领到腌猪肉，可以说明一年之内闺房里没有勃谿的纪录实在是很难能可贵，同时也说明了人心实在甚古，没有人为了贪吃腌猪肉而去作伪誓。不过我相信，夫妻伴合过着如胶似漆的生活的人，所在多有，他们未必有机会到顿冒去，去了也未必肯到教堂门口下跪发誓，而且归去时行囊里如何放得下一大块肥腻腻的腌猪肉？
　　我知道有一对夫妻，洞房花烛夜，倒是一夜无话，可是第二天一清早起来准备外出，新娘着意打扮，穿上一套新装，左顾右盼，笑问夫婿款式入时不，新郎瞥了一眼，答说："难看死了！"新娘蓦然一惊，一言未发，转身入内换了一套出来。新郎回顾一下长叹一声："这个样子如何可以出去见人？"新娘默然而退，这一回半晌没有出来。新郎等得不耐烦，进去探视，新娘端端正正地整整齐齐地悬梁自尽了，据说费了

好大事才使她苏醒过来。后来，小两口子一直别别扭扭，琴瑟失调。好的开始便是成功的一半。刚结婚就几乎出了命案，以后还有多少室家之乐，便不难于想象中得知了。

我还知道一对夫妻，他们的结婚证书很是别致，古宋体字精印精裱，其中没有"诗咏关雎，雅歌麟趾，瑞叶五世其昌，祥开二南之化……"那一套陈词滥调，代之的是若干条款，详列甲乙二方之相互的权利义务，比王褒的《僮约》更要具体，后面还附有追加的临时条款若干则，说明任何一方如果未能履行义务，对方可以采取如何如何的报复措施，而另一方不得异议。一看就知道，这小两口子是崇法务实的一对。果不其然，蜜月未满，有一晚炉火熊熊满室生春，两个人为了争吃一串核桃仁的冰糖葫芦，而发生冲突，由口角而动手而扭成一团。一个负气出走，一个独守空房。这事如何了断，可惜婚约百密一疏，法无明文，最后不得不经官，结果是协议离婚。

不要以为夫妻反目，一定会闹到不可收拾。我知道有一对欢喜冤家，经常地鸡吵鹅斗，有一回好像是事态严重了，女方使出了三十六计中的上计，逼得男方无法招架。事隔三日，女方邀集了几位稔识的朋友，诉说她的委屈，一副遇人不淑的样子，涕泗滂沱，痛不欲生，央求朋友们慈悲为怀，从中调处，谋求协议离婚。按说，遇到这种情形，第三者是插手不得的，最好是扯几句淡话，劝合不劝离。因为男女之间任何一方如果控诉对方失德，你只可以耐心静听，不可以表示同意，当然亦不可以表示不同意。大抵配偶的一方若是不成器，只准配偶加以诟詈，而不容许别人置喙。这几位朋友之间有一位少不更事，居然同情之心油然而生，毅然以安排离异之事为己任。他以为长痛不如短痛，离婚是最好的结束，好像是痛疽之类最好是引刀一割。男方表示一切可以商量，唯需与女方当面一谈。这要求不算无理，于是安排他们两个见面。第二天这位热心的朋友再去访问他们，则一个也找不到。他们两位双双地携手看电影去了。人心叵测有如此者，其实是这位朋友入世未深。

说酒 / 梁实秋

　　外国人喝酒，往往是站在酒柜旁边一杯一杯地往嗓子眼儿里灌，灌醉了之后是摇摇晃晃地吵架打人，以至于和女人歪缠。中国人喝酒比较文明些，虽然不一定要酒席下酒，至少也要一点花生米豆腐干之类。从喝酒的态度上来说，中国人无疑是开化在先。

　　越是原始的民族，越不能抵抗酒的引诱。大家知道，美洲的红人，他们认为酒是很神秘的东西，他们不惜用最珍贵的东西（以至于土地）来换取白人的酒吃。莎士比亚所写的《暴风雨》一剧中，曾描写了一个半人半兽的怪物卡力班，他因为尝着了酒的滋味，以至于不惜做白人的奴隶，因为酒的确有令人神往的效力。文明多一点儿的民族，对于酒便能比较地有节制些。我们中国人吃酒之雍容悠闲的态度，是几千年淘炼出来的结果。

一个人能吃多少酒，是不得勉强的，所以酒为"天禄"。不过喝酒的"量"和"胆"是两件事。有胆大于量的，也有量大于胆的。酒胆大的人不是不知道酒醉的苦处，是明知其苦而有不能不放胆大喝的理由在，那理由也许是脆弱的很，但是由他自己看必是严重得不得了。对于大胆喝酒的人我们应该寄予他们同情。假如一个人月下独酌，罄茅台一瓶，颓然而卧，这个人的心里不是平静的，我们可以断言。他或是忧时愤世，或是怀旧思乡，或是情场失意，或是身世飘零，总之，必有难言之隐。他放胆吞酒，是想借了酒而逃避现实，这种态度虽然值得我们同情，但是不值得鼓励。

所谓酒量，那是因人而异的，有的人吃一两块糟溜鱼片而即醺醺然，有的人喝上三两斤花雕而面不改色。不过真正大酒量，也不过是三四斤花雕或是一两瓶白兰地而已。常听见人说某人某人能吃多少酒，数量骇闻。这是靠不住的，这只能证明一件事，证明这个说话的人不会喝酒，只有不知酒味的人才会说张三能喝五斤白干，李四能喝两打啤酒。五斤白干，一下子喝下去，那也不是不可能，因为二两鸦片也曾有人一口吞下去。两打啤酒，一顿喝下去，其结果恐怕那个人嘴里要喷半天的白沫子罢。

酒喝过量，或哭或笑，或投江或上吊，或在床上翻跟斗，或关起门来打老婆，这都是私人的事，我们管不着。唯有在公共场所，如果想要维持自己原来有的那一点点的体面与身份，则不能不注意所谓"酒德"也者。有酒德的人，不管他的胆如何，量如何，他能不因酒而令人增加对他的讨厌。我们中国人无论什么都喜欢配上四色八色以至十色，现在谈起来酒德，我也可以列举八项缺德：

一是三杯下肚，使酒骂座，自讨没趣，举座不欢；
二是粘牙倒齿，话似车轮，话既无聊，状尤可厌；
三是高声叫嚣，张牙舞爪，扰乱治安，震人耳鼓；
四是借酒撒疯，举动儇薄，丑态百出，启人轻视；
五是酒后失常，借端动武，胜固无荣，败尤可耻；
六是呕吐酒食，狼藉满地，需人服侍，令人掩鼻；
七是……

我想不起来了，就算是六项罢，哪一项都要不得。善饮酒的人是得酒趣，而不缺酒德。以上我说的是关于喝酒的话，至于酒的本身，哪一种好，哪一种坏，那另有讲究，改日再续谈。

味精 / 梁实秋

味精是外国发明的，最初市上流行的是日本的味の素，后来才有自制各种牌子的味精上市取代了日货。

"清水变鸡汤"，起初大家认为几乎是不可思议之事。有一位茹素的老太太，无论如何不肯吃加了味精的东西，她说有人告诉她那是蛇肉蛇骨做的，否则焉有那样好的味道？她越想越有理，遂坚信不疑。又有一位老先生，也以为味精是邪魔外道，只有鸡鸭煮出来的高汤才是调味的妙品。他吃面馆的馄饨，赞不绝口，认为那汤是纯粹的高汤，既清且醇。直到有一天亲眼看见厨师放进一小勺味精，他才长叹一声，有一向受骗之感。

其实味精并不是要不得的东西。从前我有一位扬州厨师，他炒的菜硬是比别人的好吃。我到厨房旁观他炒白菜。他切大白菜，刀法好，叶归叶，茎归茎，都切成长条形，茎厚者则斜刀片薄。茎先下锅炒，半熟才下叶，加盐加几块木耳，加味精，掂起锅来翻两下，立刻取出，色香味俱全。

大凡蔬菜，无论是清炒或煮汤，皆不妨略加味精少许，但分量绝对要少。味精和食盐都是钠的化合物，吃太多盐则口渴，吃太多味精也同样的口渴。我们常到餐馆吃饭，回到家来一定要大量喝茶，就是因为餐馆的菜几乎无一不大量加味精。甚至有些餐馆做葱油饼或是腌黄瓜也羼味精！有些小餐馆，在临街的柜橱里陈列几十个头号味精大罐（多半是空的）以为号召，其实是令人望而生畏。

现在有些人懂得要少吃盐的道理，对味精也有戒心。但是一般人还不甚了了。餐馆迎合顾客口味，以味精为讨好的捷径。常见有些食客，谆谆嘱咐侍者："菜不要加味精！"他们没有了解餐馆的结构。普通餐馆人员分为柜上、灶上、堂口，三部分。各自为政，很少沟通。关照侍者的话，未必能及时传到灶上，灶上掌勺的大师傅也未必肯理。味精照加，嘱咐的话等于白说。

国人嗜味精成了风气，许多大大小小的厨师到美国开餐馆，把滥用味精的恶习也带到了美国。中国餐馆在美国，本来是以"杂碎"出名，虽然不登大雅之堂，却也相安无事。近年来餐馆林立，味精泛滥，遂引起"中国餐馆症候群"的风波，有些地方人士一度排斥中国餐馆，指控吃了中国菜就头晕口渴恶心。美国佬没吃过这样多的味精，一时无法容纳，所以有此现象，稍后习惯了一些，也就不再嚷嚷了。

国内有些人家从来不备味精，但是女佣会偷偷地自掏腰包买一小包味精，藏在厨房的一个角落，乘主人不防，在菜锅里洒上一小勺。她的理由是："不加味精不好吃嘛！"

喝茶 / 周作人

前回徐志摩先生在平民中学讲"吃茶"——并不是胡适之先生所说的"吃讲茶"——我没有工夫去听，又可惜没有见到他精心结构的讲稿，但我推想他是在讲日本的"茶道"（英文译作 Teaism），而且一定说得很好。茶道的意思，用平凡的话来说，可以称作"忙里偷闲，苦中作乐"，在不完全的现世享乐一点美与和谐，在刹那间体会永久，是日本之"象征的文化"里的一种代表艺术。关于这一件事，徐先生一定已有透彻巧妙的解说，不必再来多嘴，我现在所想说的，只是我个人的很平常的喝茶罢了。

　　喝茶以绿茶为正宗。红茶已经没有什么意味，何况又加糖——与牛奶？葛辛（George Gissing）的《草堂随笔》（*Private Papers of Henry Ryecroft*）确是很有趣味的书，但冬之卷里说及饮茶，以为英国家庭里下午的红茶与黄油面包是一日中最大的乐事，支那饮茶已历千百年，未必能领略此种乐趣与实益的万分之一，则我殊不以为然。红茶带"土斯"未始不可吃，但这只是当饭，在肚饥时食之而已；我的所谓喝茶，却是在喝清茶，在赏鉴其色与香与味，意未必在止渴，自然更不在果腹了。中国古昔曾吃过煎茶及抹茶，现在所用的都是泡茶，冈仓觉三在《茶之书》（*Book of Tea*，1919）里很巧妙地称之曰"自然主义的茶"，所以我们所重的即在这自然之妙味。中国人上茶馆去，左一碗右一碗的喝了半天，好像是刚从沙漠里回来的样子，颇合于我的喝茶的意思（听说闽粤有所谓吃功夫茶者自然更有道理），只可惜近来太是洋场化，失了本意，其结果成为饭馆子之流，只在乡村间还保存一点古风，唯是屋宇器具简陋万分，或者但可称为颇有喝茶之意，而未可许为已得喝茶之道也。

　　喝茶当于瓦屋纸窗之下，清泉绿茶，用素雅的陶瓷茶具，同二三人共饮，得半日之闲，可抵十年的尘梦。喝茶之后，再去继续修各人的胜业，无论为名为利，都无不可，但偶然的片刻优游乃正亦断不可少。中国喝茶时多吃瓜子，我觉得不很适宜；喝茶时可吃的东西应当是轻淡的"茶食"。中国的茶食却变了"满汉饽饽"，其性质与"阿阿兜"相差无几，不是喝茶时所吃的东西了。日本的点心虽是豆米的成品，但那优雅的形色，朴素的味道，很合于茶食的资格，如各色的"羊羹"（据上田恭辅氏考据，说是出于中国唐时的羊肝饼），尤有特殊的风味。江南茶馆中有一种"干丝"，用豆腐干切成细丝，加姜丝酱油，重汤炖热，上浇麻油，出以供客，其利益为"堂倌"所独有。豆腐干中本有一种"茶干"，今变而为丝，亦颇与茶相宜。在南京时常食此品，据云有某寺方丈所制为最，虽也曾尝试，却已忘记，所记得者乃只是下关的江天阁而已。学生们的习惯，平常"干丝"既出，大抵不即食，等到麻油再加，开水重换之后，始行举箸，最为合式，因为一到即罄，次碗继至，不遑应酬，否则麻油三浇，旋即撤去，怒形于色，未免使客不欢而散，茶意都消了。

吾乡昌安门外有一处地方名三脚桥（实在并无三脚，乃是三出，因以一桥而跨三汊的河上也），其地有豆腐店曰周德和者，制茶干最有名。寻常的豆腐干方约寸半，厚可三分，值钱二文，周德和的价值相同，小而且薄，几及一半，黝黑坚实，如紫檀片。我家距三脚桥有步行两小时的路程，故殊不易得，但能吃到油炸者而已。每天有人挑担设炉镬，沿街叫卖，其词曰：

辣酱辣，麻油炸，

红酱搽，辣酱拓：

周德和格五番油炸豆腐干。

其制法如上所述，以竹丝插其末端，每枚三文。豆腐干大小如周德和，而甚柔软，大约系常品，唯经过这样烹调，虽然不是茶食之一，却也不失为一种好豆食——豆腐的确也是极好的佳妙的食品，可以有种种变化，唯在西洋不会被领解，正如茶一般。

日本用茶淘饭，名曰"茶渍"，以腌菜及"泽庵"（即福建的黄土萝卜，日本泽庵法师始传此法，盖从中国传去）等为佐，很有清淡而甘香的风味。中国人未尝不这样吃，唯其原因，非由穷困即为节省，殆少有故意往清茶淡饭中寻其固有之味者，此所以为可惜也。

面茶 / 汪曾祺

面茶和茶汤是两回事，虽然原料可能是一样的，都是糜子面。茶汤是把糜子面炒熟，放在碗里，从烧得滚开的大铜嘴里倒出开水，浇在碗里，即得。卖茶汤的"茶汤李""茶汤陈"……的摊子上都有一把很大的紫铜大壶，擦得锃亮，即"茶汤壶"。有的铜壶嘴是龙头的，龙头上还缀了两个鲜红的小绒球，称为"龙嘴大茶汤壶"。大茶汤壶常是传了几代的，制作精工，是摊主的骄傲。茶汤有什么好吃？有点糜子香，如此而已。有的在茶汤加了核桃仁、青梅、葡萄干、青红丝……称为"八宝茶汤"，也只是如此而已。北京人、天津人爱喝茶汤，我对他们的感情不能理解，只能说这是一种文化积淀。面茶是糊糊状的，颜色嫩黄，盛满一碗，撒芝麻盐，以手托碗，转着圈儿喝——会喝茶汤的不使勺筷，都是转着碗喝。这东西有什么好喝的？有一点芝麻盐的香味，如此而已。熬面茶的锅也是铜锅，也都是擦得锃亮的。这种锅就叫作"面茶锅"。

面茶锅里是不能煮什么别的东西的，但是北京人却于想象中在面茶锅里煮各种东西。

"面茶锅里煮元宵——混蛋"。

我在昆明时曾在一中学教学，这中学是西南联大同学办的，主持校务的是两个同学，他们自任为校长和教导主任。教员也都是联大同学。学校无经费，学期开始时收的一点学生交的学费，很快就叫他们折腾光了，教员的薪水发不出。他们二位四处活动，仍是没有办法，只能弄到一点买米的钱，能使教员开出饭来。菜，实在对不起，于是我们就挖野菜——灰菜、野苋菜、扫帚苗……用一点油滑锅，哗啦一声把野菜倒在锅里，半生不熟，即以就饭。有时他们说是有办法了，等他们进城活动活动，回来就可以发一点钱。不料回来时依旧两手空空。教员生气了，骂他们是混蛋，是面茶锅里煮的球：一个是"面茶锅里煮铁球——混蛋到底带砸锅"；一个是"面茶锅里煮皮球——说你混蛋你还一肚子气"！当然面茶锅里是不能煮球的，不论是皮球还是铁球，教员们不过是于无可奈何之中用此形象的语言以泄愤耳。

如果单说"面茶"，不煮什么东西，意思是糊涂。

"文化大革命"来了，谁都不知道是怎么回事。剧团尤其是这样，演员队党小组开会。有一个党员说外面有些单位已经夺权，咱们也应该夺权。他以为党委应该把权交出来，主动下台。另一党员，党小组组长，认为不对，指着主张夺权的党员的鼻子说："群众面茶，你也面茶？！"其实他自己倒真面茶，他领导小组学习，读报，读到"美帝国主义陷于一片癫疮……"大家有些奇怪。拿过报纸看看，原来不是"一片癫疮"，而是"一片瘫痪"。又有一次，他读毛主席诗词，把"战士指看南粤，更加郁郁葱葱"读成"更加悠悠忽忽"。

然而他是共产党员。

口味·耳音·兴趣 / 汪曾祺

　　我有一次买牛肉。排在我前面的是一个中年妇女，看样子是个知识分子，南方人。轮到她了，她问卖牛肉的："牛肉怎么做？"我很奇怪，问："你没有做过牛肉？"——"没有。我们家不吃牛羊肉。"——"那您买牛肉——？"——"我的孩子大了，他们会到外地去。我让他们习惯习惯，出去了好适应。"这位做母亲的用心良苦。我于是尽了一趟义务，把她请到一边，讲了一通牛肉做法，从清炖、红烧、咖喱牛肉，直到广东的蚝油炒牛肉、四川的水煮牛肉、干煸牛肉丝……

　　有人不吃羊肉。我们到内蒙去体验生活。有一位女同志不吃羊肉——闻到羊肉气味都恶心，这可苦了。她只好顿顿吃开水泡饭，吃咸菜。看见我吃手抓羊肉、羊贝子（全羊）吃得那样香，直生气！

有人不吃辣椒。我们到重庆去体验生活。有几个女演员去吃汤圆，进门就嚷嚷"不要辣椒"！卖汤圆的冷冷地说："汤圆没有放辣椒的！"

许多东西不吃，"下去"，很不方便。到一个地方，听不懂那里的话，也很麻烦。

我们到湘鄂赣去体验生活。在长沙，有一个同志的鞋坏了，去修鞋，鞋铺里不收。"为什么？"——"修鞋的不好过。"——"什么？"——"修鞋的不好过！"我只得给他翻译一下，告诉他修鞋的今天病了，他不舒服。上了井冈山，更麻烦了：井冈山说的是客家话。我们听一位队长介绍情况，他说这里没有人肯当干部，他挺身而出，他老婆反对，说是"辣子毛补，两头秀腐"——"什么什么？"我又得给他翻译："辣椒没有营养，吃下去两头受苦。"这样一翻译可就什么味道也没有了。

我去看昆曲，"打虎游街""借茶活捉"……好戏。小丑的苏白尤其传神，我听得津津有味，不时发出笑声。邻座是一个唱花旦的京剧女演员，她听不懂，直着急，老问："他说什么？说什么？"我又不能逐句翻译，她很遗憾。

　　我有一次到民族饭店去找人，身后有几个少女在叽叽呱呱地说很地道的苏州话。一边的电梯来了，一个少女大声招呼她的同伴"乖面乖面（这边这边）！"我回头一看：说苏州话的是几个美国人！

　　我们那位唱花旦的女演员在语言能力上比这几个美国少女可差多了。

　　一个文艺工作者、一个作家、一个演员的口味最好杂一点，从北京的豆汁到广东的龙虱都尝尝（有些吃的我也招架不了，比如贵州的鱼腥草）；耳音要好一些，能多听懂几种方言，四川话、苏州话、扬州话（有些话我也一句不懂，比如温州话）。否则，是个损失。

　　口味单调一点、耳音差一点，也还不要紧，最要紧的是对生活的兴趣要广一点。

咸菜和文化 / 汪曾祺

　　偶然和高晓声谈起"文化小说"，晓声说："什么叫文化？——吃东西也是文化。"我同意他的看法。这两天自己在家里腌韭菜花，想起咸菜和文化。

　　咸菜可以算是一种中国文化。西方似乎没有咸菜。我吃过"洋泡菜"，那不能算咸菜。日本有咸菜，但不知道有没有中国这样盛行。"文革"前《福建日报》登过一则猴子腌咸菜的新闻，一个新华社归侨记者用此材料写了一篇对外的特稿："猴子会腌咸菜吗？"被批评为"资产阶级新闻观点"——为什么这就是资产阶级新闻观点呢？猴子腌咸菜，大概是跟人学的。于此可以证明咸菜在中国是极为常见的东西。中国不出咸菜的地方大概不多。各地的咸菜各有特点，互不雷同。北京的水疙瘩、天津的津冬菜、保定的春不老。"保定有三宝，铁球、面酱、春不老"，我吃过苏州的春不老，是用带缨子的很小的萝卜腌制的，腌成后寸把长的小缨子还是碧绿的，极嫩，微甜，好吃，名字也起得好。保定的春不老想也是这样的。周作人曾说他的家乡经常吃的是咸极了的咸鱼和咸极了的咸菜。鲁迅《风波》里写的蒸得乌黑的干菜很诱人。腌雪里蕻南北皆有。上海人爱吃咸菜肉丝面和雪笋汤。云南曲靖的韭菜花风味绝佳。曲靖韭菜花的主料其实是细切晾干的萝卜丝，与北京作为吃涮羊肉的调料的韭菜花不同。贵州有冰糖酸，乃以芥菜加醪糟、辣子腌成。四川咸菜种类极多，据说必以自流井的粗盐腌制乃佳。行销（真是"行销"）全国，远至海外（有华侨的地方），堪称咸菜之王的，应数榨菜。朝鲜辣菜也可以算是咸菜。延边的腌蕨菜北京偶有卖的，人多不识。福建的黄萝卜很有名，可惜未曾吃过。我的家乡每到秋末冬初，多数人家都腌萝卜干。到店铺里学徒，要"吃三年萝卜干饭"，言其缺油水也。中国咸菜多矣，此不能备载。如果有人写一本《咸菜谱》，将是一本非常有意思的书。

咸菜起于何时，我一直没有弄清楚。古书里有一个"菹"字，我少时曾以为是咸菜。后来看《说文解字》，菹字下注云：

"酢菜也"，不对了。汉字凡从酉者，都和酒有点关系。酢菜现在还有。昆明的"茄子酢"、湖南乾城的"酢辣子"，都是密封在坛子里使之酒化了的，吃起来都带酒香。这不能算是咸菜。有一个虀字，则确乎是咸菜了。这是切碎了腌的。这东西的颜色是发黄的，故称"黄虀"。腌制得法，"色如金钗股"云。我无端地觉得，这恐怕就是酸雪里蕻。虀似乎不是很古的东西。这个字的大量出现好像是在宋人的笔记和元人的戏曲里。这是穷秀才和和尚常吃的东西。"黄虀"成了嘲笑秀才和和尚，亦为秀才和和尚自嘲的常用的话头。中国咸菜之多，制作之精，我以为跟佛教有一点关系。佛教徒不茹荤，又不一定一年四季都能吃到新鲜蔬菜，于是就在咸菜上打主意。我的家乡腌咸菜腌得最好的是尼姑庵。尼姑到相熟的施主家去拜年，都要备几色咸菜。关于咸菜的起源，我在看杂书时还要随时留心，并希望博学而好古的馋人有以教我。

和咸菜相伯仲的是酱菜。中国的酱菜大别起来，可分为北味的与南味的两类。北味的以北京为代表。六必居、天源、后门的"大葫芦"都很好——"大葫芦"门悬大葫芦为记，现在好像已经没有了。保定酱菜有名，但与北京酱菜区别实不大。南味的以扬州酱菜为代表，商标为"三和""四美"。北方酱菜偏咸，南则偏甜。中国好像什么东西都可以拿来酱。

萝卜、瓜、莴苣、蒜苗、甘露、藕，乃至花生、核桃、杏仁，无不可酱。北京酱菜里有酱银苗，我到现在还不知道究竟是什么东西。只有荸荠不能酱。我的家乡不兴到酱园里开口说买酱荸荠，那是骂人的话。

酱菜起于何时，我也弄不清楚。不会很早。因为制酱菜有个前提，必得先有酱——豆制的酱。酱——酱油，是中国一大发明。"柴米油盐酱醋茶"，酱为开门七事之一。中国菜多数要放酱油。西方没有。有一个京剧演员出国，回来总结了一条经验，告诫同行，以后若有出国机会，必须带一盒固体酱油！没有郫县豆瓣，就做不出"正宗川味"。但是中国古代的酱和现在的酱不是一回事。《说文》酱字注云从肉、从酉、爿声。这是加盐、加酒、经过发酵的肉酱。《周礼·天官·膳夫》："凡王之馈，酱用百有二十瓮。"郑玄注："酱，谓醯醢也。"醯，醢，都是肉酱。大概较早出现的是豉，其后才有现在的酱。汉代著作中提到的酱，好像已是豆制的。东汉王充《论衡》"作豆酱恶闻雷"，明确提到豆酱。《齐民要术》提到酱油，但其时已至北魏，距现在一千五百多年——当然，这也相当古了。酱菜的起源，我现在还没有查出来，俟诸异日吧。

考查咸菜和酱菜的起源，我不反对，而且颇有兴趣。但是，也不一定非得寻出它的来由不可。

　　"文化小说"的概念颇含糊。小说重视民族文化，并从生活的深层追寻某种民族文化的"根"，我以为是未可厚非的。小说要有浓郁的民族色彩，不在民族文化里腌一腌、酱一酱，是不成的，但是不一定非得追寻得那么远，非得追寻到一种苍苍莽莽的古文化不可。古文化荒邈难稽（连咸菜和酱菜的来源我们还不清楚）。寻找古文化，是考古学家的事，不是作家的事。从食品角度来说，与其考察太子丹请荆轲吃的是什么，不如追寻一下"春不老"；与其查究楚辞里的"蕙肴蒸"，不如品味品味湖南豆豉；与其追溯断发文身的越人怎样吃蛤蜊，不如蒸一碗霉干菜，喝两杯黄酒。我们在小说里要表现的文化，首先是现在的，活着的；其次是昨天的，消逝不久的。理由很简单，因为我们可以看得见，摸得着，尝得出，想得透。

卖糖 / 周作人

　　崔晓林著《念堂诗话》卷二中有一则云："《日知录》谓古卖糖者吹箫，今鸣金。予考徐青长诗，敲锣卖夜糖，是明时卖饧鸣金之明证也。"案此五字见《徐文长集》卷四，所云青长当是青藤或文长之误。原诗题曰《昙阳》，凡十首，其五云：

　　　　何事移天竺，居然在太仓。

　　　　善哉听白佛，梦已熟黄粱。

　　　　托钵求朝饭，敲锣卖夜糖。

所咏当系王锡爵女事，但语颇有费解处，不佞亦只能取其末句，作为夜糖之一佐证而已。查范啸风著《越谚》卷中饮食类中，不见夜糖一语，即梨膏糖亦无，不禁大为失望。绍兴如无夜糖，不知小人们当更如何寂寞，盖此与炙糕二者实是儿童的恩物，无论野孩子与大家子弟都是不可缺少者也。夜糖的名义不可解，其实只是圆形的硬糖，平常亦称圆眼糖，因形似龙眼故，亦有尖角者，则称曰粽子糖，共有红白黄三色，每粒价一钱，若至大路口糖色店去买，每十粒只七八文即可，但此是三十年前价目，现今想必已大有更变了。梨膏糖每块须四文，寻常小孩多不敢问津，此外还有一钱可买者有茄脯与梅饼。以砂糖煮茄子，略晾干，原以斤两计，卖糖人切为适当的长条，而不能无大小，小儿多较量择取之，是为茄脯。梅饼者，黄梅与甘草同煮，连核捣烂，范为饼如新铸一分铜币大，唅食之别有风味，可与青盐梅竞爽也。卖糖者大率用担，但非是肩挑，实只一筐，俗名桥篮，上列木匣，分格盛糖，盖以玻璃，有木架交叉如交椅，置篮其上，以待顾客，行则叠架夹胁下，左臂操筐，俗语曰桥。虚左手持一小锣，右手执木片如笏状，击之声镗镗然，此即卖糖之信号也，小儿闻之惊心动魄，殆不下于货郎之惊闺与唤娇娘焉。此锣却又与它锣不同，直径不及一尺，窄边，不系索，击时以一指抵边之内缘，与铜锣之提索及用锣槌者迥异，民间称之曰镗锣，第一字读如国音汤去声，盖形容其声如此。虽然亦是金属无疑，但小说上常见鸣金收军，则与此又截不相像，顾亭林云卖饧者今鸣金，原不能说错，若云笼统殆不能免，此则由于用古文之故，或者也不好单与顾君为难耳。

卖糕者多在下午，竹笼中生火，上置熬盘，红糖和米粉为糕，切片炙之，每片一文，亦有麻糍，大呼曰麻糍荷炙糕。荷者语助词，如萧老老公之荷荷，唯越语更带喉音，为他处所无。早上别有卖印糕者，糕上有红色吉利语，此外如蔡糖糕、茯苓糕、桂花年糕等亦具备，呼声则仅云卖糕荷，其用处似在供大人们做早点心吃，与炙糕之为小孩食品者又异。此种糕点来北京后便不能遇见，盖南方重米食，糕类以米粉为主，北方则几乎无一不面，情形自大不相同也。

小时候吃的东西，味道不必甚佳，过后思量每多佳趣，往往不能忘记。不佞之记得糖与糕，亦正由此耳。昔年读日本原公道著《先哲丛谈》，卷三有讲朱舜水的几节，其一云：

"舜水归化历年所，能和语，然及其病革也，遂复乡语，则侍人不能了解。"（原本汉文），不佞读之怆然有感。舜水所语盖是余姚话也，不佞虽是隔县当了知，其意亦唯不佞可解。余姚亦当有夜糖与炙糕，惜舜水不曾说及，岂以说了也无人懂之故欤。但是我又记起《陶庵梦忆》来，其中亦不谈及，则更可惜矣。廿七年二月廿五日漫记于北平知堂。

[附记]《越谚》不记糖色，而糕类则稍有叙述，如印糕下注云，"米粉为方形，上印彩粉文字，配馒头送喜寿礼。"又麻糍下云，"糯粉，馅乌豆沙，如饼，炙食，担卖，多吃能杀人。"末五字近于赘，盖昔曾有人赌吃麻糍，因以致死，范君遂书之以为戒，其实本不限于麻糍一物，即鸡骨头糕干如多吃亦有害也。看一地方的生活特色，食品很是重要，不但是日常饭粥，即点心以至闲食，亦均有意义，只可惜少有人注意，本乡文人以为琐屑不足道，外路人又多轻饮食而着眼于男女，往往闹出《闲话扬州》似的事件，其实男女之事大同小异，不值得那么用力，倒还不如各种吃食尽有滋味，大可谈谈也。廿八日又记。

儿童杂事诗选 / 周作人

端午

端午须当吃五黄，枇杷石首得新尝。
黄瓜好配黄梅子，更有雄黄烧酒香。

夏日食物一

早市离家二里遥，携篮赶上大云桥。
今朝不吃麻花粥，荷叶包来茯苓糕。

苓俗语读作上声，但单呼茯苓时则又仍作平声读也。

夏日食物二

夕阳在树时加酉，泼水庭前作晚凉。
板桌移来先吃饭，中间虾壳笋头汤。

瓜

买得乌皮香扑鼻，蒲瓜松脆亦堪夸。
负他沙地殷勤意，难吃喷香呃杀瓜。

乌皮香者香瓜之一种，皮青黑，肉微作碧色，香味胜常瓜。蒲瓜柔脆多水分，但不甜耳，冷饭头瓜一名呃杀瓜，以其绵软，食之易噎，但可以饱，有如冷饭，沙地种瓜人常用作赠物。

菱

妇孺都知驼背白，雷门名物至今存。
新鲜酒醉皆佳品，不及寻常煮大菱。

菱角通称大菱。驼背白为四角菱之一种，色青白而拱背，出雷门坂一带。

中秋

红烛高烧供月华，如盘月饼配南瓜。
虽然惯吃红绫饼，却爱神前素夹沙。

中秋夜祀月以素月饼，大者径尺许，与木盘等大。

果饵一

荸荠甘蔗一筐盛，梅子樱桃赤间青。
更有杨梅夸紫艳，输它娇美水红菱。

果饵二

嘉湖细点旧名驰，不及糕团快朵颐。
艾饺印糕排满架，难忘最是炙麻糍。

印糕方形，上印彩粉文字，故名。捣糯米饭，中裹豆沙或芝麻白糖馅，捏为扁圆形，曰麻糍，于熬盘上炙食最佳，街头多有担卖者。

果饵三

漫夸风物到江乡，蒸藕包来荷叶香。
藕粥一瓯深紫色，略添甜味入饧糖。

红糖俗名饧糖，读若琴，市语则曰台青，盖出自台湾故软。

果饵四

儿童应得念文长，解道敲锣买夜糖。
想见当年立门口，茄脯梅饼遍亲尝。

小儿所食圆糖名夜糖，不知何意，徐青藤诗中已有之。以黑糖煮茄子，晾使半干，曰茄脯，细切条卖之。梅饼如铜钱大而加厚，系以梅子煮熟，连核同甘草末捣碎，范成圆饼，每个售制钱一文。

果饵五

一盏盛来琥珀光，石花风味最清凉。
新煎洋菜晶莹甚，独缺稀微海水香。

石花熟捶，拣去贝壳沙石，洗净煮汁，用井水镇冻结，加糖醋食之，为夏日消暑佳品，唯不易消化，多致胃病。后乃以洋菜代之，更为纯良，而无复有海草香气，遂觉索然寡味矣。

果饵六

居然尝药学神农，莫笑贪馋下苦功。
玉竹香甜原好吃，更将甘草润喉咙。

药物中甘草之味人多知者，熟玉竹之肥壮者食之亦甚腴美，可当点心。